論創ノベルス

詐欺師の誤算

Ronso Novels 005

笹倉明

論創社

詐欺師の誤算

一

その酒場は、東京都心の低い町の外れにある。

界隈には、江戸時代からの染め物屋がのこっていたり、裸電球に照らされた乾物屋、豆腐屋、八百屋などが昔ながらの頑固な風情をたもっている。すぐそばを疎水が町の底を流れていて、大雨でもこないかぎり川音一つ立てることはない。

最寄り駅は、ＪＲ山手線の中でも乗降客が比較的少ないほうだ。その駅前の大通りから入り込んだ商店街をガード沿いに進み、やがて左折して一方通行の道をしばらく下っていくと、右手にある。間口の狭い、目立たない居酒屋である。ややくすんだ萌黄色の暖簾に〝小料理〟とある通り、Ｌ字のカウンターと奥に座敷のある小ぢんまりとした店で、名は〈いちりん〉という。

そこから徒歩十分余りのマンションに住む女将《おかみ》の松原あさ子は、その日、目覚めた瞬間から心配の種をよみがえらせた。午前八時の起床はいつもより早く、よく眠れていない証拠に、気分がすぐれず、靄《もや》のかかったような頭が重かった。

本当に振り込んでくれているだろうか。

起きて動きだしてからも、そんな呟《つぶや》きが胸をよぎった。

再三の約束は、そのつど破られていたからだ。最後の催促をしたのが、四月二十八日の午後二時半。次の日は祝日なので、その日のうちに振り込んでくれないと困る、と電話口でいい、相手も承諾した。

「それじゃ、今日中には入ってるわね」

と、念を押した。

ところが、午後三時近くになって確認の電話を入れると、

――いま、銀行へ向かっているところです。

藤代芳明《ふじしろよしあき》は、そう答えた。時計をみると、間もなく午後三時になろうとしている。とっくに振り込みを済ませていると思っていたあさ子は、いま銀行へ向かっているとは何ごとかと、カチンときた。が、銀行の閉まる時間に間に合えばいいかと打ちやって、それじゃ、お願いね、と返して電話を切った。

そして、三時五分過ぎ、最寄りのM銀行へ行き、入金をチェックしたが、入っていなかった。

さっそく藤代に電話を入れて、今度こそ、つよい調子で文句をいった。

「金融に詳しいあなたが、今日のうちに入金するのに、三時近くまでグズグズしているなんてどうかしているわね。明日から故郷《いなか》へ帰る予定なのに、これじゃ帰るに帰れないじゃないの」

――わかりましたよ。そんなに催促されるんじゃ、持っていきましょうか。店のほうへ届けてもいいですよ。

相手の不機嫌な口調に、あさ子は腹を立てた。そんな偉そうに言葉を返される筋合いはない。

こちらは債権者であって、藤代には返済の義務がある。

だが、「それじゃ、お店まで持ってきて」とは返さなかった。そこまでいうことをためらったのは、まだ相手を信じていたい気持ちがあったからだ。

「それじゃ、故郷へ帰るのは明後日《あさって》に延ばすから、三十日の朝には必ず振り込んでちょうだいね。九時過ぎに銀行へ行って確かめるから」

そういうと、相手は、

――九時十五分まで待ってください。そしたらわかりますから。

そんな言葉を残して電話を切った。

九時に銀行が開くので、それから振り込むとして、十五分くらいは必要なのだろう、と、あさ子は考えた。よりによって、明日（二十九日）が祝日だなんて……、と再び待ち時間の長いことに苛立ちをおぼえた。藤代はそれも計算ずみなのではないか。そして、三十日を過ごせば、あとは五月一日から五日まで連休に入る。そこまで引き伸ばすつもりなのか、それともその間に逃げるつもりなのかと疑いたくもなったけれど、とにかく待ってみるほかはなかった。

藤代に預けてある金は、現金七百五十万円（金融会社への預け金）と塩田製薬の株二百五十万円分（一千株のうち五百株）である。そのうち、とりあえず現金部分の七百五十万円を返してくれるようにいったのが同年の一月半ばだった。

ところが、返済には三カ月かかる、つまり、返してほしいといった日から三カ月後に返済になると聞いて、おかしな話だと思っていた。そんな法は聞いたことがない。が、やむなく四月の半ばまで待った。

だが、その日がきても、藤代は何やかやと理由をつけて引き伸ばし、結局、再三の催促に折れて、四月二十八日には必ず、と約束したのだった。

それが破られたのだから、不安がつのるのも当然だった。携帯電話の声が、開き直りながら心なしか沈んでいたのも気にかかる。

でも、あの藤代がまさか……。

自らに言い聞かせた。安住《あんじゅう》生命の社員ともあろう者が……。一流の生命保険会社の社員が人を騙《だま》すようなことをするはずがない。そんなことをすると会社はクビ、将来を考えれば、ここでお金を返すのと、訴えられて職を失うのと、どっちを選ぶべきかはいわずと知れたこと。大丈夫、今日は何かの手違い、こちらの勘違いだったと考えよう、とあさ子は気持ちを立て直した。

明日から連休に入るという日――。

あさ子は、いつものようにOデパートの地下一階、食料品売り場へ、その日の仕入れをするために向かった。〈いちりん〉のある界隈にもそこそこの店はあるのだが、客にいいものを供する方針の下、いちばん安心できるという理由もあって、そこに決めていた。

仕入れ値段のわりには一品の売り値は安いはずだった。が、近辺の安酒場よりは少し高くなる。ビールもふつうの居酒屋より高めで、それがおのずと客を選ぶことになると考えていた。

実際、その考え方は正しく、常連はよい客ばかりだった。一流かそれに準じる会社のサラリーマンは、食品関係、建築・設計関係、コンピュータ関連会社、広告プロダクション、保険、金融関係に及び、さらには、新聞記者、出版関係の編集者、大学教授、医者、画家などにも及んでいる。十人も入ればカウンターは満席になるが、奥の座敷のテーブルは四人用と大人数用のを合わせて十五、六人を収容できる。

有線が細く流れているだけで、カラオケはない。女将の松原あさ子と客同士の話がすべての店だ。手頃な店の広さも互いに親しくなるには都合がよく、毎夜、なごやかな会話で時を過ごすのが常だった。

藤代芳明も、そうした仲間の一人だった。もう八年ほど前になるが、開店して間もない日、十二月の暮れ近くに、女性と二人で入ってきた。

「安住生命に勤めてます」

間もなく、藤代のほうから口にした。そして、相手の女性も、

「妻の真紀《まき》といいます」

と、にこやかに頭を下げた。

会社の帰りだというのは、その通りだろうと思えた。背広は一目で極上とわかる生地で、むろんオーダーメイドと知れた。脱いだコートはカシミアにちがいなく、ふつうのサラリーマンにしては贅沢すぎる、と思ったものだ。が、安住生命の社員と聞いて、納得した。常連の客がまだ少

ないこともあって、上客として大いに歓迎したのだった。

以来、着実に顧客が増えていくなか、あさ子にとって藤代は特異な存在となる。

いろんな出来事があった。その一つ一つに、軽重や濃淡はあっても、歳月の流れに逆らうものはなかった。とくに振り返ることもなく、唯一、何よりも趣味とする絵画だけが店の方々を飾り、八年の足跡を記していた。

その跡は、ほかならぬ常連客と歩んだものだった。師と仰ぐ絵の大家のみならず、ほとんどの客が絵を描く女将、松原あさ子を支援した。五十の坂を越えて子供たちが手を離れたのを機に、夫と別れて単身上京したのは、長年の夢であった絵筆を思う存分とるためだったが、つきまとう犠牲と苦労を乗り越えられたのも客たちのおかげだった。

そして、四年余りが経ち、どうにか軌道に乗ったころ、有利な条件で掛けていた生命保険が満期になって、思いがけないお金が入ってきた。

それを聞いた藤代が資金の運用話を持ち出した。あさ子がそれに乗ったのは、とりあえず使う予定のないお金であったからだ。銀行に預けていても、ロクな利息がつかない。低金利時代のいま、預金者は銀行を金庫代わりに使っているようなものだから、別のところに預ければはるかによい利息がつく、お金を遊ばせておくのはもったいない、という話はその通りだった。加えて、藤代を信じきっていた。いい話をいい人がもってきてくれたと、預ける額を徐々に増やしていくことに何のためらいもなかった。

元金の返済を申し出たのは、むろんお金が必要になったからである。

西日本の太平洋岸にある故郷の町は、人口十万あまりの小都市で、高齢ながら未だ達者な父母が暮らしており、いずれはあさ子もそこへ帰ることになるのだが、さほど遠い将来ではないその日のために、住みよい家を建てておけという母親の提案を受け入れたのだ。それが昨年十二月のことで、ならば、藤代に預けてあるお金をそのための資金に、と考えたのだった。

帰ってきてほしいという母親が、半分くらいは援助してくれる約束だった。藤代からの返済があれば、十分にまかなえる。老後はそこで快適な日々を過ごすため、早めに準備に取りかかるつもりでいた。その意味では、大事な〝虎の子〟だった。

ところが、三日と開けずにやってきていた藤代が、お金の返済を申し出たころからしだいに足が遠のいた。といっても、音沙汰がなくなったわけではなく、たまにひょっこりと現れていたから、とくに心配もしなかった。仕事が忙しいという相手の言葉はその通りなのだろう、と思っていた。

不安が芽生えたのは、返済を申し出てから約束の三カ月が経っても返ってこなかった、四月の半ばからだ。金融会社にいってあるが、もう少し時間がかかる、待ってほしいというのへ、あと一カ月だけと期限を切ったとき、藤代の表情に翳《かげ》が差したのをあさ子は見逃さなかった。

そのときはじめて、預かり証を書いてほしい、と申し出た。すでに夜が更けて、客は他に一人だけ、武藤信二《むとうしんじ》という常連客がいた。新聞や雑誌の企画を請け負う編集プロダクションに勤めていて、やって来るのはおよそ十一時前後になる。それも毎日、欠かさずに来る、四十歳になる独身。あさ子とは気が合うために、よく食事なども共にする。その日はたまたま藤代がいるところへ来てくれたので、ちょうどいい証人ができたと喜んだ。

「いまの様子を憶えていて、しっかりと証人になってちょうだいね」

手書きで〝預かり証〟と記し、七百五十万円（塩田製薬五百株分を除く）と記入して、藤代芳明、と署名してある。何の抵抗もみせずに書いてくれたことで、あさ子は安心した。これで大丈夫、ちゃんと証文がとれた、と。

「預かり証ももらわないでお金を預けていたの？」

武藤が驚いたのは、そんな大金を預けていたことを知らなかったせいでもある。

「だって、高金利だから領収証は出せないっていうんだもの」

「怪しいな。本当に大丈夫なのかな」

心配してくれたが、あの人にかぎってそんなことはない、とあさ子は笑って打ちやったものだ。

連休前の二十九日は、数人の客が入っただけで暇を持て余した。そのため、考え込むことがしばしばで、思い出すのは気がかりなことばかりだ。塩田製薬の株券にしても、買って預かっているというだけで見せてもらったことはない。千株単位なので二人で買おうと持ちかけられて、五百株ずつ保有することになったのだが……。

藤代を信じたいけれど、一方で、相手は追いつめられている、という気がした。三十日の朝、九時十五分過ぎになれば、すべてがわかる。

何ごともなく終わるのか、それとも……。

その先の言葉をあさ子は呑み込んだ。胃が痛くなってくる。このごろ、胃の在りかがはっきりとわかるほどの鈍痛に見舞われる。神経から来ていることは確かだ。できるだけ気を楽にもとうとしているが、やはり知らずと落ち込み、苛立っているにちがいなかった。

二

やっと当日が来て、九時十五分になろうとしている。

約束の時間だと思いながら、松原あさ子はなおも布団の中にいた。昨夜はよく眠れず、朝方に悪い夢をみたせいか、頭が重い。水の中に裸の幼い男児が沈んでいて、助けることもできずにうなされている夢だ。あの男の子は、誰だったのだろう。

そろそろ起きて、銀行へ行って記帳して、入金を確かめねばならない……。

また寝入りそうになって、あさ子は一気に布団をはねのけた。

洗顔のあと、少しだけブラウンに染めた短めの髪にブラシを入れ、薄く化粧をほどこした。瞼の弛《たる》みと目尻の小皺がさすがに目立ってきたけれど、実年齢にはみえないと誰もにいわれる丸顔が、心配のせいかいつもより険しい。ついぼんやりしたのを吹っ切って、身支度を整える。

百五十五センチのワンピース姿を鏡に映し、最後に襟元を直してから、小ぶりのリュックを肩にかけた。

と、そのとき電話が鳴った。

――松原さんのお宅でしょうか。

聞き馴れない男性の声だ。

「はい、そうですが」

――こちらは警視庁の者ですが、フジシロ・ヨシアキという男性をご存じでしょうか？

あさ子は混乱した。ケイシチョウとフジシロが結びつかない。

「知ってますけど、それが何か……」

――いや、つい先ほどなんですが、そのフジシロという男が署に来ましてね。あなたの名前が出たものですから、こうしてお電話をかけさせていただいているんです。

「一体、どういうことなんでしょうか」

――こちらもまだ事情が呑み込めていないんですが、何でもあなたから預かったお金を使い込んでしまったとか……。

あさ子は思わず奇声を発した。一瞬、目眩《めまい》をおぼえ、脚の力が抜けそうになる。

――今からお時間をとっていただけませんかね。いろいろとお話を伺わねばならないもので。

「わかりました。これから出かけます」

——詳しい事情はそのときにお伺いします。こういうことで自首してくるというのはちょっと変わったケースなもので、私どもも戸惑っているんですよ。

相手は、N警察署のシノヤマと名乗り、受付で呼び出してほしい、と告げた。

その日の夜遅くには、息子夫婦の住む西東京の町へと向かい、翌一日の午前一時ごろには車で一緒に故郷へ向けて出発する。こちらは、あと十時間くらいしかないことを説明して了解を得た。

受話器を置いて、呆然とした。信じられなかった。夢をみているのではないかとさえ思う。あの水中に沈んだ幼い男児は、藤代の化身だったのか。助けようにも助けられずにうなされたのは、意識の底で、こういう事態を予測していたからかもしれない。

事実、藤代芳明は思いもよらないところへ行ってしまった。警察という水の中、いや、離れ島へと、身を隠してしまったのだ。

真紀ちゃんに連絡してみよう。

ふと、そう思った。何が起こったのか、問いただしてから警察へ行こう。

マンションの四階、四〇一号室の部屋を出た後、階段を降りながら、携帯から電話を入れた。通じたとき、直接会って話したい、と思った。

「いま警察から電話があって、これから向かうところなんだけれど、あなた、何があったかわかってる?」

——はい。

「私はまだ信じられないの。何かの間違いじゃないの？」

――……。

相手が答えにつまったので、あさ子は強い調子で、

「とにかく、これから立ち寄るから待っててちょうだいね」

――わかりました。

さほど沈んでもいない声が返ってきた。彼女は夫が自首したことを知っているのだと、あさ子は直感した。

藤代たちの住むマンションは、その町の三丁目にある。十一階建ての、かなり大きな建物で、場所は知っていたが、中へ入ったことはない。

あさ子は駐輪場に停めてある自転車で向かった。裏通りを行けば、五分余り、公園を抜け、川を渡り、再び裏通りへと、通いなれた道である。

真紀の声がいやに落ちつき払っていたという感想は、マンション八階の部屋のドアを開けてのぞかせた表情についてもいえた。

どうぞ、と招き入れようとするのへ、

「何をのんびりしているの。藤代さんは警察に自首したのよ。一体何があったの？」

怒ったような口調でいうと、相手は、はあ……、と浮かぬ顔になった。

「彼が自首することは聞いていたの？」

「はい。これから警察へ行くといって。事情は書いておいたから、後でみるようにって」

「書き置き？」

「ええ。朝、出かける前に」

「何て書いてあったの？」

「松原さんと阿曽艶子《あそつやこ》さんのお金を使い込んでしまったということと、これから警察へ行くという内容でした」

自分の他にも被害者がいるようだが、そのことは措《お》いて、あさ子はまくし立てた。

「だって、藤代さんは安住生命の社員でしょう。そんなことで警察に捕まったりしたら、会社はクビになってしまうし、あなたの将来も台なしじゃないの。お金のことなら待ってあげてもいいし、とにかく彼を連れ戻しに行きましょう」

だが、真紀は曖昧に頭を揺らして、

「彼、安住生命の社員なんかじゃないんです」

と、半ばためらうような低声でいった。

えッ、とあさ子は声を放った。驚きのあまり絶句して、まじまじと相手の顔をのぞきみる。

「それは一体、どういうことなの？」

「彼はそういう会社には行っていません」

「それじゃ、嘘をついていたっていうの？」

「はい」

「だってあなた……、あなた自身も安住生命の藤代の妻だっていってたじゃない」

「……」

真紀はバツがわるそうに唇を曲げた。

そんな馬鹿な……。またも何がなんだかわからなくなった。

ふと、埼玉のT市にいるという藤代の母親に確かめてみることを思いついた。真紀に電話番号を問うと、会ったことがないので知らない、という。妻という立場でそれはないはずだと、あさ子は返した。

「彼とは結婚していないんです」

またも意外だった。内縁だったという。

「たとえそうでも、長いつき合いのなかで、彼の母親に会ったことがないというのは変だわね」

「……」

「電話番号くらいは知っているんでしょう。会ったことはなくても、電話で話したことはあるはずよ」

教えてほしい、とあさ子は食い下がった。真紀はそこでやっと、調べてみる、といって奥へ消えた。ぐずぐずしてはいられない。できるだけ早く警察へ向かわねばならない。あさ子は焦りをおぼえながら待った。

彼のモノのなかから出てきたと、真紀は見つかった理由を口にした。ともかく電話をかけさせた。

隣の部屋から、話し声が聞こえてくる。それがなかなか終わらない。長話ができるくらい、相手とは知り合いなのだと、あさ子はまたも嘘をつかれたことを憤りながら、「真紀ちゃん、もう時間がないから、私にかわってちょうだい！」

ドアの隙間から言い放った。

やっと受話器を耳にして、あさ子はまず自らを名乗り、藤代が長く店の馴染み客であったことを告げてから、

「お母さまは、経理事務所を経営されているのでしょう？」

と、尋ねた。

——いいえ。そんな仕事はしてませんけど。

「じゃ、どういう……？」

——ただの主婦ですよ。別に仕事はしてませんけど。

また一つ、嘘がわかった。が、こだわっている暇はない。

電話をした理由をかいつまんで話した。これから警察へ出向くところだが、今回のことで何か心当たりがあるのかどうか、母親としてどう思うかと聞いた。

——息子はとっくに独り立ちした大人ですから、私とは関係がありません。

そっけない答えだった。まるで気持ちのこもらない、冷淡な台詞《せりふ》。これではラチが明かない。あさ子は早々に電話を終えた。

「とにかく、一緒に警察へ行きましょう。タクシーで行けばすぐだから」

真紀を急《せ》かした。自分ひとりでは、彼を警察から連れ戻すことはできない。あれこれと嘘をつかれていたことはわかったけれど、それでもお金のことで警察沙汰になるのはご免こうむりたかった。

絶対に連れていくという意志が伝わったらしい。真紀はやっと折れて、身支度に取りかかった。素顔をみるのは、はじめてだった。口元が突き出した感じの面長の顔は平凡で十人並みだが、ふだんは濃い化粧をして、衣服も同様に派手すぎた。煙草のヤニで汚れた出っ歯が太い唇からはみ出していて、しかも喋り口がはすっぱで、長い髪を茶に染めたその姿がケバケバしいくらいだったから、藤代に向かって、「あれでは安住生命の社員の妻として問題があるんじゃないの。将来の出世にも影響すると思うわよ」などと意見をしたこともある。「いや、うちの会社はわりあい自由で、あまりうるさいことはいわないし、社員が妻を連れて集まるようなこともないから」と、藤代は平然としたものだったが……。

よけいな忠告かもしれないと思いつつ、藤代のためを思って口にした言葉だった。一体、どういう女性なのか。本当に、藤代の妻なのかという疑念まで抱いた。内縁だったと聞いて、しかも藤代が安住生命の社員ではなかったと聞いた今は、何とも複雑な思いだ。

マンションを出た。

真紀も自転車をもっているので、それで行こうと提案したが、タクシーのほうがいいという相手に従った。これが間違いだったと、坂の上の大通りへ出て気づいた。月末の朝、道はひどく混んでいて、やっとタクシーを拾えたものの、動かない。

「やっぱり自転車で行きましょうよ」

あさ子は苛立ちながらいった。

「大丈夫よ。そのうち動くわよ」

真紀は余裕たっぷりに構えている。彼が警察にいるというのに、この落ちつきようは何だろう。内縁だったにしても、長年の連れ合いであり、同じ屋根の下で暮らしてきた相手だろうに……。

こんな調子では何時になるかわからない、とあさ子は焦った。もう一度、降りて自転車にしようといってみたが、真紀はシートに腰を据えたまま、前と同じ台詞をのんびりとくり返した。

ならば、道筋を変えたほうがいい、と考えて、もう一つの大通りへ出ることにした。

左折して坂を下り、左折する。川を越え、真紀のマンションの前を通り越していくと、その大通りへ出る。そこを右折すると、やはり混んではいたが、まったく動かないわけではなかった。

都心を走る環状線に行き当たり、右折すると、間もなくN警察署の建物が左手にみえてくる。自転車なら十分で行ける距離なのに、三十分もかかってしまった。

あさ子は先に降り立った。真紀が遅れてついてくる。

三

N警察署は、警視庁で最も重要かつ多忙な署の一つだ。

あさ子らが訪れた午前十時三十分過ぎ、制服や私服の署員が慌ただしく出入りして、手錠につながれていく逮捕者の姿も目にとまった。

受付の女性に名を告げると、すでに話を通してあったらしく、三階の刑事組織犯罪対策課の知能犯係を訪ねていくようにといわれた。あさ子は真紀を促して、エレベーターに乗った。

真紀は黙っていた。とくに沈んでいるふうでもない。あさ子もあえて話しかけなかった。道すがらのタクシーのなかで、何を聞いても曖昧な返事しかしない真紀に、いまは何もいうことはない。

詐欺、横領など、企業や金融関係の文字通りワル知恵を使った犯罪を扱う部署である。扉を入ると、ロッカーが部屋の内部を隠すようにある。あさ子は通路を進み、中を覗き込んで、ごめんください、と声をかけた。近くの署員が立って来意を聞く。それに答えるまでもなく、奥の席から手を挙げて合図を送る人がいた。

ゆっくりと近づいてくる。髭剃り跡の青白い、顎の尖った細面の、背の高いワイシャツ姿。まだ若く、三十代の前半だろう。頭を下げるあさ子に、〝警視庁N警察署警部補篠山輝夫〟の名刺

を差し出して、

「この度は、ご苦労さまです」

かるく会釈していう。

勧められるまま、部屋の中ほどにあるソファに腰かけた。

篠山刑事はまずあさ子の隣の真紀を指して、

「この方はどなたですか？」

と、聞いた。

「藤代さんの奥さんです」

あさ子が答えると、えッ、と篠山は頓狂な声を出した。

「何かの間違いだろうと思ったものですから、一緒に連れてきたんです」

「それはちょうどよかった」

意を得たりとばかりに、篠山がほくそ笑んでいう。「そういうことなら話を聞きましょう」

こちらへどうぞ、と即座に真紀を促した。あさ子をその場に残したまま、有無をいわせずに導いていく。

何という成り行きか。藤代を取り戻すどころか、真紀まで連れていかれてしまった。当然、藤代も取り調べられているが、真紀のことはまだ話していなかったのだろう。

やがて、篠山刑事が戻ってきた。今度は、あさ子を導いて、もと来た扉口へと引き返し、廊下へ出る手前にある一室のドアを開けた。通路を隔てた向かい側にも二つ部屋があって、扉の代わりにカーテンが下がっている。声のする手前の一室を覗きみると、調べを受けている真紀の後ろ姿がみえた。

あさ子が通された部屋はそれより広い。が、やはりテーブルが一つあるきりの殺風景な一室であることに変わりはない。そこで待っていると、篠山刑事がひとりの男性を伴って現れた。尾根《おね》刑事だと紹介されたが、名刺はくれない。今日は主に尾根さんが話を聞くことになるのでよろしく、と篠山はいい、そのまま部屋を出ていった。藤代に加えて真紀までも聴取することになって忙しいのだろう。

かなりの年配者で、白髪混じりの頭髪と頬の膨れた太り気味の顔立ちがどこかむさくるしい。ノート・パソコンを前に置き、立ち上げてから、ゆっくりと問いはじめる。

「さっそくですが、あなたからお金を騙し取ったという藤代の話はその通りなんでしょうか?」

たちまち、答えにつまった。騙し取ったとは、どういうことか。

「お金を預けていたことは確かです。しかし、それを騙し取ったといわれると、どういうことなのか……」

「言い替えれば、預かっていたお金を使い込んでしまって、返せなくなった。つまり、あなたを騙す結果になったというわけです」

改めて聞かされると、あさ子は目が眩むのをおぼえた。

尾根刑事はパソコンのキーを叩きながら、

「いつ、どこで、いくら、どういうふうに渡したのか」

そう前置きしてから、一つ一つについて尋ねるという。が、あさ子には即答できなかった。

「それはむしろ、藤代さんのほうがよく知っているんじゃないですか」

「現金と株の合計で、一千万円くらいだったといっているんですがね」

「なら、問題ないんじゃないですか」

「そうはいかないんだな」

尾根はあさ子を正面からみつめ、毅然としていう。「これから証拠を固めていかねばならないんですよ。いくら口でそういうことだといわれても、私らは認めるわけにはいかない。それだけでは事件にならないんですよ」

事情がわからずに首をかしげると、尾根刑事はつづけて、

「お金を預けたという、証拠になるものはありますか?」

と、尋ねた。

「証拠……」

「はい。例えば、銀行の振り込み証とか」

一つ首を振った。

「ありません。預かり証ならありますけど」

「どんな預かり証でしょう」

「七百五十万円のです。塩田製薬の株を除いた部分で、本人が書いてくれたものです」

「そんなものじゃ駄目です」

一蹴された。公証役場などで公に作ったものでなければ何の役にも立たない。証拠力のない、ただの紙切れと変わらないと聞いて、あさ子は肩を落とした。

「それを書いてもらったから、それまでの振り込み証を捨ててしまったんです」

尾根は顔をしかめた。

「それはまずいな。そういう大事なものを捨てないでくださいよ」

思いもよらないことばかりだ。こんなことになるとわかっていれば、もちろん捨てることはなかった。

尾根は大きくため息をつくと、そのまま腰を浮かして、

「ちょっと待ってください。トイレへ行ってきます」

そう告げて、部屋を出ていった。

預かり証が何の役にも立たないとは……。もともと、藤代を信用してはじめたことで、預かり証すらなかった。それを書いてもらったので安心し、何十枚か財布に溜めてあった振り込み証を捨ててしまった。いろんな領収証の類で財布のサイドポケットが一杯になっていたから、もう要らないと思われるものを整理した。それが間違いだったとは思いがけない。

尾根刑事がなかなか戻ってこない。トイレにしては長すぎる。真紀や藤代の調べもつづいているから、そちらを覗いているのかもしれない。

それにしても、どうして自首などしたのだろう。

あさ子は考えた。突然、何の前触れもなく警察へ行ってしまうなど、未だに信じられない。四月最後の、連休前のやりとりでも、今にも振り込みをすませるような口をきいていた。これから店へ持参してもいいとさえいったのだ。振り込まれるかどうか不安ではあったが、まさかこんな行動をとるとは思わなかった。狐《きつね》につままれた心地とはこのことか。

十五分ほどして、尾根刑事が戻ってきた。長く待たせたことなど気にもかけずに、問いはじめる。

「そうはいっても何かあるでしょう。いや、ないと困るんですよ」

先ほどの続きであることにあさ子は気づいて、

「ありません」

と、言い切った。「なければそんなに困ることなんですか?」

「逮捕できないんですよ」

「………」

「かといって、このまま放免するわけにもいかない。本人も認めているし、被害者も確かにここにいるわけでね」

「ならいいじゃないですか。どっちも間違いないっていってるんですから」

「それじゃ駄目なんですよ。何度もいうようようだけど」

あさ子は疲れをおぼえた。こんな押し問答をしていてもラチが明かない。

「わかりました。逮捕できないんなら、それでもいいです」

言い捨てたが、必ずしも偽りではなかった。それより釈放してもらって、本人と直談判をしたほうがいい、と思う。警察から取り戻したいと思ったのは、そういう考えもあったからだ。塀の向こう側へ行ってしまわれては困る、という気持ちが確かにある。

「まあ、そう短気を起こさないで」

尾根刑事が苦笑していう。「法律ではこういうふうになっているんです。どんなことでも証拠がなければ罪に問えない。殺人事件だって、死体があがらなければ事件にならないんですよ。本人が殺したといっているだけでは、警察はどうにもできないんです」

証拠主義が貫かれているのだと、尾根は念を押すようにいった。

そういうものかと、納得するほかなかった。振り込み証を捨ててしまったことは、今さら悔いてもしかたがない。何か他にいい方法はないものか。

「一度、自宅《うち》に帰って探してもらえませんか。何か出てくるかもしれない」

「何を探すんですか」

「何でもいい。確かに藤代にお金を渡したことを証明してくれるものであれば」

勾留期限までしばらく時間がある、と尾根刑事はいった。自首してきたのだから、確かに詐欺をはたらいたのだろうし、どうにかして逮捕にこぎつけたい、と。

「一体、どうして自首なんかしたんでしょうか」

何よりもそれを知りたくて、あさ子は聞いた。

尾根が腕組みをして口を開いた。

「いまは本人の供述によるしかないんですがね。まず、このまま逃げることも考えたが、そんなことをすると、いずれはホームレスにでもなって野たれ死ぬだけだと思った。第二に、死ぬことも考えたがそれはできそうになかった。三つ目は、ちゃんと罪を認めて罰を受け、悔い改める。最後にそれを選んだというわけです」

嘘だ。もっともらしい自首の理由など信じられない。

だが、それを詮索している暇はなかった。いまはともかく部屋に帰って、方々をひっくり返してみなければならない。

「よければ、部屋までついていきたいんですが」

尾根刑事がいった。「少しでも時間を節約したいものでね」

車で送っていくという。

あさ子は承知して腰を上げた。逆らったところで、どうにもならない。気分は最悪だったが、この先は成り行きにまかせるしかないのだろうと、かろうじて気持ちを立て直した。

四

部屋へ戻ると、箪笥の引き出しから探りだした。あれこれの書類が入っている。捨ててはいけないもの、捨てがたいもの、契約書の類、保険証書や光熱費などの領収証、写真や手紙類……。証拠、証拠……、とあさ子はつぶやきながら、それらの一枚一枚を点検していった。

上がり込んだ尾根刑事は、畳みに胡座《あぐら》をかいて待っている。手に携帯用の灰皿をもち、煙草に火をつけようとして、吸ってもいいかと許しを求めた。

そのとき、不意に電話が鳴った。出ると、女性の声である。

――私、阿曽と申しますけど、憶えていらっしゃいますか。

「アソさん……」

――以前、ときどき藤代さんたちと一緒にお店へ伺ったこともある……。

ああ、とあさ子は声を上げた。

「お久しぶりです。お元気でいらっしゃいましたか」

相手はそんな問いに答える暇もないといったふうに打ちやって、

――実はたった今しがた、警察から電話があって、藤代さんが私たちのお金を着服して、使い込んで、自首したというのですが、本当なんでしょうか。

「あなたもそうだったんですね」

思い出した。自分の他にも被害者がいたことは、すっかり失念していた。「私も今朝から警察へ呼ばれて、刑事さんの質問を受けてきたところなんですよ」

――あぁッ……。

絶望的な声が耳をつんざいた。

――まったく何ということでしょう。あの藤代さんが私を騙すなんて！

「私も同じ気持ちです」

――あなたはお幾らだったの？

「一千万です」

――まだいいわ。私は二千万円よ。いいえ、それ以上だわ。今月のはじめにも九州まで来て、百七十万円もっていったんだから。

「そうだったんですか」

――いやだいやだ、もう本当にいや！

阿曽は感情を剥《む》き出しにして叫んだ。

六十歳近くにはなっているはずだ。夫に先立たれて長く独り暮らしだったのが、一年ほど前、パチンコ仲間として知り合った、偶然にも同郷の人と再婚し、共に九州、熊本へと帰っていった。

藤代芳明もまたパチンコや競艇好きであったから、界隈のパチンコ店で知り合って以来、親しくつき合っていたのだった。

むろん、藤代が安住生命の社員だと信じていた。それが嘘であると聞かされて仰天したのだと、阿曽は言葉をつづけた。

「阿曽さんの仲間の方たちは、どんなふうにみていたんでしょう」

――誰ひとり、疑う人はいなかったわ。加瀬《かせ》さんや白井《しらい》さんにしても、ただのギャンブル仲間だから、疑う必要もなかったし……。

やはり、自分だけではなかったのだ。あさ子はいくぶん胸の痞《つかえ》がやわらぐのをおぼえた。

「九州は遠いし、これからが大変ですね」

――そうなの。刑事さんは来てくれるというけれど、こちらからも行かないとすまないでしょうし……。

尾根刑事の目が、早く終えてほしいと告げている。阿曽はまだ話をつづけたいようだが、あさ子は急ぐ事情を話し、今後、情報を交換することを約束して電話を切った。

再び、書類との格闘がはじまった。

方々の引き出しを引っくり返し、一枚ずつ点検していく作業に疲れたころ、ふと銀行の振り込み用紙が目にとまった。一連の操作を終えたあと、カードと一緒に出てくる紙片で、取り引き日、銀行名、支店名、口座番号、氏名等、振り込み先および振り込み人の明細が記されている。

あッ、とあさ子は声を上げた。そこに［フジシロヨシアキ　様］の記述を目にしたからだ。取引金額は［¥1000000］とある。

「これだ」

あさ子が叫ぶと、尾根刑事が跳びはねるように腰を上げた。

「見つかった」

「はい、これ一枚ですけど」

紙片を刑事に手渡した。一枚だけ、財布のポケットではなく、引き出しの書類入れに放り込んであったのだ。

「これだよ、これこれ！」

と、尾根は言い放った。「これがほしかったんだなぁ」

何回か、時期を置いて振り込んだ、そのうちの一枚。細かな文字を点検すると、平成十四年十一月十二日、M銀行N支店から、同銀行の同支店、藤代芳明名義の普通口座へ入れた百万円である。

「もう一度、署へ戻って話を聞かせてください」

「またですか」

「申し訳ない。これからが本当の調べですから」

さて、と気合を入れて尾根刑事は立ち上がった。さっさと玄関へ歩を進め、靴を履く。

あさ子は従わざるを得なかった。すでに正午を過ぎている。朝から何も食べていないのに、お腹は空いてこない。胃までショックを受けて、麻痺してしまったらしい。

N警察署、知能犯係のもとの部屋へ戻った。

一枚の紙片について、それが藤代のどういう話に乗って振り込まれたものなのか。まず問われて、ハタと気づいたことがあった。

藤代からもちかけられたのはお金の運用話と株の購入のほかに、もう一つ、三十万円から百万円を一カ月から三カ月預けてくれれば、利息をはるかに上回る値段の電化製品をつけて返すことができる、というのがあった。倒産会社の倉庫を押さえるのにお金が必要だから、そういう融資をしてくれる人に、元金に加えて利息がわりの商品を提供するというのだった。

それをやっているのも、預けた現金を運用している知り合いの金融会社だというので、あさ子は信用した。どういうカラクリなのかはわからなかった。藤代も詳しくは説明してくれなかった。ただ、そういうことならいいわよ、と答えて、実際、約束の期日が来るたび、欲しいといった薄型の液晶テレビやノートパソコンやデジカメが届けられ、元金も戻ってきた。融資する額によって商品も異なり、液晶テレビの場合は百万円だったと記憶している。

「すると、この振り込み証は、そういう一時融資のためだった？」

尾根刑事に聞かれて、あさ子は困惑した。よく憶えていないのだ。

「ちょうど百万円なので、そうだったような気もするし、運用のために預けた現金の一部だったような気もするんです」

「思い出してくださいよ。これは大事な点なんだから」

「そういわれても……」

頭を抱えた。一、二週間前のことすら記憶が曖昧なのに、一年以上も前のことなど思い出しようがない。

「正直いって、わかりません」

「それじゃ困るんだ。騙し取るつもりのお金だったのか、そうではなくて、電化製品と元金が戻っている融資金だったのか」

思い返せば、なぜ藤代がそういう話をもってきたのかもわからない。運用のために預けたお金は騙し取ったくせに、その融資金については約束通り商品をつけてキチンと返しているのだから。

「確か、私がこれ以上の現金は預けられないといったときから、そういう話をもちかけてきたんです」

「元金が七百五十万円になった時点で?」

「はい。打ち切りを言い渡して間もなくです」

尾根刑事は思案顔でため息をつくと、

「肝心なのはこれが」

と、紙片を振りかざしていう。「どういう名目のお金だったのかということです。それがわからなければ、せっかく振り込み証が出てきたのに何の役にも立たないんですよ」

「それじゃ、もういいです。疲れました」

ぞんざいに言い捨てた。心底、いやになった。こんな七面倒くさい目に遭うくらいなら、もうどうでもいいという気になってしまう。やはり、藤代を警察から出してもらって、直談判をして、一刻も早く少しずつでもお金を返してもらったほうがはるかにいい、と思えてくる。

そこへ、ドアにノックがあって、篠山刑事が入ってきた。こちらはいたって和やかな表情で、どんな様子ですか、と問いかける。

尾根が振り込み証をみせて、現状を説明する。と、篠山の顔に笑いが浮かんだ。最後までうなずきながら聞いたあとで、

「その液晶テレビやノートパソコンは、秋葉原の家電店で買ったそうです」

「何、アキハバラで？」

尾根が素っ頓狂な声を出した。「すると、倒産会社の倉庫から持ってきたものではなかったのか！」

「そういうことですね」

「すると、この百万円はそういう製品をつけて返すためのものだったのかね」

「それは調べてみないとわかりません。ただ、目的はともかくとして、松原さんに偽りをいって引き出した金であることは確かです」

篠山がいうと、尾根刑事は大きくうなずいて、

「これで札《ふだ》が取れそうだな」

ホッとしたようにいった。たとえ元金が電化製品つきで戻っていようと、虚言を弄して金を出させたこと自体が詐欺に当たるらしいのだ。

札とは裁判所が出す逮捕状のことだという。なるほど、お札をもらうまでは、それ相当の苦労がいるらしい。

「さて、これで振り出しに戻って、いろいろ聞かせていただきます」

あさ子はうんざりした。一体、いつまでこんなことがつづくのか。

午後一時半になろうとしている。ふと、方々へ振り込みをしなければならないことを思い出した。月末であることをすっかり忘れていたのだ。

「じゃ、一度中座してもらって、午後三時から改めてお願いします」

当然のようにいわれて、あさ子は逆らえなかった。

エレベーターで一階まで降りて扉が開いたとき、不意に藤代の姿が目に飛び込んだ。あさ子は息を呑んだ。ふたりの署員に連れられて階上へ上がるところで、すれ違いざま、あさ子を鋭く睨みつけた。その眼にはこれまで一度もみせたことのない敵意がこもっていて、思わず身をこわばらせたほどだ。それは、罪を認めて悔い改めるために自首したというのが表向きの理由でしかないことを何よりも雄弁に語っている気がした。

お祖父《じい》さんがポルトガル人で、自分はクォーターだといっていた。そんな血が混じっているようにみえなくもない、面長だが丸みをおびた、一見人のよさそうな顔立ち。左目の下にあるホクロと大きく後退した額が特徴で、細身だが上背はある。上等の背広で決めてくることがあるかと思えば、ゾウリ履きのラフな格好でデパートの絵画展に現れたりもする、そうした落差の大きさもまた、人格の多重性を示していたのか。

思い当たることがいろいろとあった。液晶テレビはメーカーであるシャープの段ボール箱に入っていたが、保証書だけが抜かれていた。倒産会社の倉庫から持ってきたものなので保証書がないのだと話していたが、それもこれも偽りだったとは……。

署の前でタクシーを待ちながら、今になって気づくことの多さに、あさ子は我ながら呆れるような思いであった。

五

連休が明けた。

長い、憂鬱な休暇が終わって、あさ子はひとまず気分に区切りをつけた。

詐欺にあったことは、一緒に故郷《くに》へ帰った息子、武博《たけひろ》と、実家で暮らす弟の満則に打ち明けただけで、高齢の両親には黙っていた。ただ、お金を出し合って新しい家を建てるつもりだった八十二歳の母親には、このところお店が暇で当分の間は無理、と告げて了解を得た。故郷にいた四日間、いつもなら弟について方々へ出歩くのだが、今回ばかりはどこへも行く気がしなかった。

たまに店をのぞくことがある武博は、藤代芳明を知っている。実はこういう事情で、お母さんは騙されていたと告げると、そんなお金はもういいから関わらないほうがいい、と意見した。母親を咎めることはせず、ハナから手を引くことをすすめるのだった。弟のほうもまた、そういうわけだから将来面倒をみてもらうことになるかもしれないというあさ子にただうなずいて、詳しい話を聞くでもなく、深刻になることもない。さっぱりとした性格の持ち主らしい、拍子抜けするほどの応えかたであった。

問題は、インドのニューデリーにいる娘の友恵《ともえ》である。いまは海外赴任の夫とともに日本を留守にしているからいいが、彼女の非難が心配だった。というのも、たまに店を手伝うこともあったから、息子同様、藤代を知っていて、あさ子がお金を預けていると聞いた二年ほど前（身内にだけは打ち明けていた）から、「お母さん、大丈夫なの。本当に大丈夫なの」と、再三再四、口にしていたからだ。その度に、大丈夫よと突き放すように答えたものだけれど、まったくもって大丈夫ではなかったのだ。

それを思うと、憂鬱だった。次に娘が帰国するのは夏である。そのときまでは隠しておけるけれど……。

あとは、お店の客たちだった。馴染み客のなかには、藤代と親しくつき合ってきた者も少なくない。中でも、息子、武博の大学時代の同級生で広告プロダクションに勤める千野伸哉《ちののぶや》などは、自分の結婚式にまで藤代を招待したほどだった。

連休明けのその日は、客足が遅かった。

あさ子はカウンターに腰かけ、ぼんやりと客を待った。

そもそも、酒場など始めるつもりは毛頭なかった。夫の元を去った年かさの女に何ができるかといえば、これまでやってきた主婦の延長として、人に食事を供することくらいのものだった。そのために、〈いちりん〉の始まりは、近隣のサラリーマン向けに昼食と夕食を出すだけで、午後九時には店を閉めていた。が、ほどなく、それだけではとてもやっていけない現実に行き当たった。昼どきであってもビールを求める客があり、ないと断ると、ビールくらいは置くべきだと意見する客がいて、そういうものかと思ったほどに、その世界のことは何も知らなかった。一滴も酒が飲めないこともあって、お客にそれをふるまって商売をすることなど、考えてもいなかったのだ。

藤代が店に来たのは、酒場として新規開店をして間もなくだった。九時で閉めていた店を酒類を置くことで十二時までとし、赤字つづきを何とかしなければと思っていた。その矢先、水商売に詳しいらしい藤代が、ウィスキーや焼酎はどの銘柄がいいとか、あれこれとアドバイスをしてくれた。何かと店のことにタッチしたがり、数年後には経理までみてもらうようになっていた。

というのも、母親が埼玉のT市で経理事務所をやっていて、よく手伝うことがあるというので、それなら任せてもいいと思ったのだ。警察ではそのことを手の内をみせるようなものだと咎められたけれど、実際、それが詐欺をはたらくための第一歩だったのだろう。経理については暗いあさ子にとって、確定申告時にみてもらったそれがまっとうなものなのか、店に有利なものなのかどうかも、わかっていなかった。ただ、当時は藤代のいうことを信じ切っていたことがまかせる理由のすべてだった。

さらに迂闊だったのは、貯蓄型の保険金が満期になって、まとまったお金になったとき、そのことを藤代に話してしまったことだ。もとより安住生命の社員であると思い込んでいたから、それではそのお金をうまく運用して殖《ふ》やすことを考えようという提案に、何の警戒心もおぼえなかった。

その後まもなく、金融会社をやっている友人がいる、と藤代は切り出した。家電メーカーであるT社の財務部のなかでも資金の運用を受け持つ特殊な部署にいて、一方で別の金融会社にも関わっており、藤代自身も資金の運用をまかせているという。高利なので預かり証は出せないが、相手の個人資産を担保にとっているし、キチンと利息も払ってくれるから大いに助かっているというのへ、「それじゃ、私もお願いしようかしら」と、気楽に申し出た。その素直な反応に、藤代はニンマリとしたはずだが、むろんあさ子に見抜けるわけがなかった。

そして、とりあえず百万円を預けた。平成十一年の春先のことで、二十万円を現金で手渡し、残りの八十万円は銀行振り込みにした。それから一ヵ月が経ったころ、利息だといって五千円をもってきた。二ヵ月後にまた五千円、三ヵ月後にもきちんと五千円をもってきたとき、もう百万円を預ければ利息を三倍にできる、といってきた。そこで同じ年、夏場の二ヵ月で、百万ずつ増やして三百万円にしている。月の利息は一万五千円から二万五千円となり、以降、その年いっぱいは毎月の利息を現金で受け取った。

そこまでは何とか思い出せる。が、翌年からのことは、細かい点になると記憶にない。ただ、きちんと利息を払ってくれた経緯から、すっかり藤代を信用してしまい、預ける額をしだいに増やしていった。

考えてみれば、月々の利息など、現金と比べれば知れたものだった。預ける額が多くなるにつれて利息も増えていったが、最高で七万円という記憶があるだけで、それも毎月ではなくなっていた。利息が不定期になったことについても無頓着で、いずれ元金を返してもらえばいい、と悠長に構えていた。藤代にしてみれば、何とも好都合な考え方をする相手《カモ》だったにちがいなく、利息ぶんを別にとっておけば、あとは使えることになる。足りなくなれば、また補充すればよかった。何しろ、相手はこちらの預金通帳の中身を知っていた。とりあえず眠っているお金がいくらあるかを知っていた藤代は、実に巧みに、じっくりと時間をかけて引き出そうと企んだのだ。それが詐欺師の特徴であって、はじめのうちだけきちんと利息を払って安心させ、次の段階で梯子を外すのだと尾根刑事はいったが、その通りの計画的なものだった。

塩田製薬の株にしても、手口は巧妙だった。現に千株単位の売買だったので、五百株ずつを二人で買い、株価が上がったところで売って儲けようというのだった。そして期待通り、株価が上がったので、売ってほしいというと、まだ上がるので今は売らないほうがいいという。それでは自分の分だけでも売ってほしいというと、藤代は、二人で買っているので売れないのだといい、そうこうしているうちに、株価が下がりはじめて、あさ子はがっかりした。それに不満をおぼえて、一度株券をみせてほしいといったのだが、証券会社に預けてあるといって取り合ってくれなかった。その二百五十万円は、利息を払う必要もない、まさに騙し取ったというほかないお金であった。

お金の出入りについては、警察の手で銀行を調査するというので、ある程度はわかるはずだった。平成十一年から十五年まで、五年間にわたっていることも、止まらない溜息の理由だ。それほどの期間、騙し通せたというのはどういうことなのか。なぜ気づかれることなく、また気づきもせずに、長いときを過ごせたのか。そのことが不思議だった。

口開けに入ってきた客をみて、あさ子は、あらッ、と声を上げた。顧客の一人、千野伸哉が、ひょっこりと顔をのぞかせたのだ。仕事の帰りで、黒縁の眼鏡をかけた丸顔にはまだ三十代の前半らしい艶がある。

「どうしたの、小母さん。そんなにびっくりして」

あさ子のことを〝オバサン〟と呼ぶ唯一の客である。息子の武博とは友達だから、そういう呼び方になるのだ。

「今日は早いじゃないの」

とりあえず応えて、あさ子はしばらく迷った。が、遅かれ早かれ、わかることだし、むしろ真っ先に話さねばならない相手でもある。

「いいときに来てくれたわ。といっても、いい話じゃないけれど」

「どうしたの」

おしぼりを受け取りながら問い返す千野へ、

「詐欺にあっちゃったの」

と、軽い調子でいった。

「サギ？」

「そう」

「こんな都会にサギなんかいるの」

「鳥のサギじゃないわよ」

笑いがこぼれた。「人間の詐欺師のことよ」

それでも、千野はピンとこない。首をかしげたまま、

「詐欺師がどうかしたの？」

と、尋ねた。

「私が騙されていたの、詐欺師に」

「えッ？」

と、そこでやっと千野は反応した。「誰に！」

「あなたのよく知ってる人」

「誰」

「藤代さん。安住生命の……」

千野は黙ってあさ子をみつめた。絶句している間に、あさ子はいつもの生ビールを注いだ。

「いくらやられたの」

いきなり聞く。

「一千万」

告げると、千野の目が皿になった。藤代を通じて金融会社に預けたお金や、実は買っていなかった塩田製薬株のことなど、あさ子は事情をかいつまんで話した。

差し出された生ビールの泡を少しなめて、千野はうつむいた。事態を把握しようと努めながら、頭が混乱して何もつかめないでいるようだ。

カウンターに目を据えたまま、何かをつぶやく。あさ子が問い返すと、知らなかった、と低声でいい、頭を振った。

「人はみかけによらないものね」

努めて気楽にいう。

「あいつがねぇ」

そういったきり、千野はまた黙りこんだ。もとより白い頬がいまは蒼ざめてみえる。

あさ子には、その気持ちがわかる気がした。金銭的な被害とは別種の、おそらく極めて精神的な痛手に類する何かが千野を犯しつつある。

「何もかも嘘だったの。彼の学歴も、職業も、真紀ちゃんのことも」

説明に時間を要した。

警察での聴取で知らされた、あれこれの嘘。安住生命の社員どころか、ここ十年の間、仕事らしい仕事はしていなかった。事実上の無職。真紀は本当の妻ではなく、本名は〝小笠原真紀〟という。もともと水商売を生業《なりわい》とし、藤代とは池袋のクラブで出会ったらしい。そして、藤代が称した、早稲田大学教育学部卒についても、実は高校中退の学歴だった。まだあるけれど、それは追い追い、とあさ子はいった。

「よくぞ何年もの間、騙し通せたもんだ」

千野がやっとまともに口をきいた。

「そう。それが不思議よね」

「一体、何てことが起こったんだろう」

溜息をついて、ジョッキを口に運ぶ。動作に気の重さが出ているが、目はどうにか焦点が合ってきた。

改めてこれまでの経緯《いきさつ》を話した。返済の期限ぎりぎりまで、振り込むことを約束しながら、警察へ自首して出たことから、あさ子自身が刑事に呼ばれて事情聴取を受けたことまで、連休前の出来事の一部始終を語るあいだ、千野は舌打ちと唸《うな》りをくり返した。

「だって、あいつ、安住生命のことにはひどく詳しかったじゃない。いつだったか、社長が銀座のホステスと問題を起こして失脚したときのこと、小母さん、憶えてる？」

「憶えてるわよ」

よく思い起こすことができた。「あの女は、最初、自分が部長に紹介したんだとか。それがきっかけで部長が社長を連れていって、知り合ったんだとかいってたわね」

「そう。女の名前も知ってたよ。社長ともあろう者があんな女に引っかかってとか、偉そうに」

「それから、いつだったかしら、安住生命にリストラをめぐる内紛があって、社長のラインにいた自分は出世コースから逸れてしまったとか、それで埼玉かどこか関東統括部へ、部下のいない管理部次長で行くことになったとか」

「そう。それから二年ほど経って、今度は、愛宕山《あたごやま》にできた安住生命の別会社へ出向することになったとかいってたよ。そうそう、その安住アセスメントっていう会社が偶然ぼくの会社のクライアントで、藤代さんにそのことをいったら、ふうん、とかいって、あんまり話に乗ってこなかった憶えがあるよ。あのとき、もっとしっかり確かめておけばよかった。まさか、作り話だなんて思ってもいなかったからさ」

二人ともに、記憶が途切れなくよみがえった。

安住生命の社員を名乗った藤代芳明（この名前だけは本名であることが警察の調べでわかっている）は、この八年間、会社でのリストラや昇進、配置換えなど、いわばサラリーマンの浮沈と悲哀までも語りながら過ごしたのだ。そのくせ、同僚や部下の一人も連れてきたことがなかった。そういえば、一人も……。

「いつだったかしら、松ちゃんが、安住生命の保険に入りたいという人を藤代さんに紹介しようとしたことがあったじゃない」

松ちゃんこと、松野茂三《まつのしげぞう》という常連客のことだ。あさ子はつづけた。「そしたら、ぼくはいま忙しいので他の保険会社を紹介するとかいって……。そのとき、松ちゃんは、変なやつだなと思ったというの。だって、保険会社の人なら自分のところへ入れたがるのがふつうじゃない。なのに、他の会社を紹介するなんていうんだもの」

千野が呆れたふうに頭を振った。食欲もないのか、突き出しの酢の物へ箸をつけようとしてためらっている。

店の暖簾が揺れて、戸が開いた。

噂をすれば影とやらで、松野茂三だった。コンピュータのソフト関係の会社に勤めていて、三日と置かずにやって来る。やや赤ら顔の、彫りの深い面長はどこか日本人離れした感があって、飲むといよいよ気さく、かつ磊落《らいらく》になる。五十代の半ば、離婚経験《バツイチ》のある独身である。

「松ちゃんは、藤代さんのこと、どんなふうに思ってた?」

あさ子はいきなり聞いた。

「何だよ、急に。安住のフーテンさんがどうしたの」

「詐欺師だったの」

「えッ?」

松野は頓狂な声を出した。あさ子と千野を交互にみて、「詐欺師って、人を騙《だま》くらかしてお金なんかをとる、あれ?」

あさ子はうなずいた。安住のフーテン、などと呼ぶのは松野だけだが、いまはそれがふさわしく思える。

「あのフーテンが?」

「そう。騙されたのは、私」

「まさか」

笑い飛ばそうとする相手に、あさ子は頭を振った。

「やっぱり、信じられない?」

「そりゃそうでしょう。あいつがママを騙すわけないじゃない」

「誰だって、そう思うわよね」

あさ子が笑いながらいうと、千野が代わって、

「ぼくもいま話を聞いて、びっくりしたところなんだよ」

そこで松野の顔色が変わった。絶句して、宙をみる。

「松ちゃんの意見も、聞いてみなくちゃね」

そういって、先ほどの話題をつづけた。

松野が保険に入りたいというお客を藤代に紹介しようとして、他を紹介するといわれたときのこと。憶えているかと尋ねると、あッ、あーッ、と松野は絶叫した。

「そうだよ、そうそう、あれだよ、あれ！　おかしいと思ったんだよ。おかしな人だなって、この人は本当に安住生命の社員なのかって」

だが、それも一過性のものだった。次回からは、また酒場の飲み仲間としての日常がつづいた。その種の出来事はあくまで細切《こまぎ》れで、滞ることなく流れ去る類のものだった。

「もう一つ、思い出した」

松野がカウンターを掌《て》で打っていう。「以前、やつが四谷一丁目にある安住生命の支社に移ったとかいって、ビルの名も聞いていたから、一度訪ねていったことがあるんだよ。近くに用があって出かけたとき、やつがいるっていうビルの前を通ったからさ。受付で、藤代の名を出したんだけれども、そういう人はいませんっていうんだよ。で、おれの勘違いかもしれないと思ってさ、本社に電話してもらって、今どこにいるかを聞いてもらったんだよ。そしたら、そういう人はいませんっていう返事だったんだ。おかしいなと思いながら引き揚げたんだけれども……」

「馬鹿ね」

あさ子は突っかかるようにいった。「そのとき、どうして藤代さんの嘘を暴いてくれなかったのよ！」

「そんなことといったって、おれはやつが安住生命の社員だってこと信じてたからさ。まさか本当のフーテンだなんて、思ってもいないもの」

「じゃ、そんな人はいませんていわれて、どう思ったの？」

「だから、おかしいなと思いながら、何かの手違いだろうくらいにしか考えなかったんだよ。本人がそういうんだから、それが本当なんだろう、って」

「まったく。どうして、みんなこうなんでしょうね」

誰も藤代を信じて疑わなかった、その理由というのがわからない。いったん信じたが最後、まるで洗脳された信者のごとく疑いを差し狭まなかったのだ。

「早稲田を出ているとかいってたけど、それも嘘だった？」

「もちろん」

「卒業証書をみせてくれという人はいないから、どこの大学を出たかなんて、いくらでもいえるよ。あッ、そうだ」

松野がまた何か思い出したようだ。生ビールのお替わりと鰹のタタキを注文してから、改めてつづけた。

「やつに話したことがあったよ。会社を訪ねていったんだけれども、いなかったね、って。そしたら、何だ、来たのかって。ちょっと外出していたんだとか、サラッといわれてさ。それからだよ、呼び出されてソバ屋へ連れていかれたのは……。早稲田の馬場下にある、長生庵とかいう店でさ、そこで鴨なんばんの昼メシを食いながらいうんだよ。ああ、なつかしいなぁ、この味、この味なんだよ、ってさ」

「なつかしい？」

千野が問い返す。

「そう。大学時代によくこれを食ったんだとか。早稲田といえば、この店を思い出すんだとか。あれが芝居だったとは、とても思えないなぁ」

あさ子は溜息をついた。おそらく、身分の詐称が暴かれそうになって、あわてて松野を昼食に招待したのだろう。その行き先が、やはり籍を置いたこともない大学のキャンパスに隣接するソバ屋だったとは、何とも用心深いというか、細かい神経をつかっていたにちがいない。

「よく昼間に出くわすことがあったよ」

松野がつづけた。「ソバ屋へ行ったのも昼間だったし、そのへんでバッタリ会うんだよ。ラフな格好をして、パチンコ屋とかでさ。あれ、藤代さん、どうしたのって聞いたら、今日は会社が休みなんだとかいって。それが何べんもあったから、安住のフーテンさんと呼んでいたんだけれど」

「一体、松ちゃんは何べん、藤代さんをおかしな人だと思ったのよ」

「百万べん」

答えて笑いを弾けさせた。「いや、そういえば十ぺんくらいはあったと思うよ。ここに来る山さん、あの人は本当に早稲田を出て、出版社勤めだったよね」

「そうよ、今年、退職したけれど」

山塚毅《やまつかたけし》という、太い黒縁眼鏡をかけた小太りの、時にお喋りが過ぎる人だ。千代田区にある、辞書の老舗として有名なS堂の重役だった
「あの人のことを、ずいぶん悪くいうのを聞いたことがあるよ。あいつは学歴を鼻にかけて、どうしようもないやつだとかさ。やつの取り柄は学歴しかない、たいした実力もないくせにとか。同じ早稲田の出身にしてはボロくそにいっていた」

「それは私も聞いたことある」

あさ子は応えた。「山塚さんは、ふた言目には早稲田の名を出して、あれやこれやいってたから。いつだったかしら、お前は出来のわるい後輩だとかいわれて、藤代さん、いやな顔をしてたわ」

「それは、清田丸《きよたまる》さんじゃない」

と、千野が返した。「お前は出来がわるい後輩だなぁとか、よく冗談めかしていってたのは清田丸さんだよ。あの人も早稲田でしょう」

「そうだ、あれは清田丸さんだったわ」

あさ子は勘違いを改めた。清田丸京三もまた、元出版社の重役だったが、いまは独立して自分の事務所を構えており、タブロイド紙に経済関係の連載ものを書いたりしている。古い馴染み客で、あさ子が最も親しく、かつ頼りにしてきた人でもあった。

最近は、体調がすぐれない。心臓に疾患があり、つい先頃も入院してカテーテル治療を受けたばかりだ。酒が飲めないので、しばらく店へは来ていないが、電話ではしばしば話をする。今回のことは、清田丸にも話さねばならない。それを思うと、また気分が重くなってくる。原稿用紙一枚いくらで、身を粉《こ》にして働いて、身体をこわしてしまった清田丸がこの話を聞いたらどう思うだろう。早稲田の後輩とばかり思っていた藤代が出身校や勤め先を詐称するとんでもない詐欺師だったと聞けば……。

携帯電話が鳴った。カウンターの端の壁にかけてあるそれを、あさ子は水に濡れた手を拭いて取った。

娘の友恵だった。インドからの国際電話で、お互いの元気を確かめるいつものやり取りに、あさ子は平静を装った。雑誌はもう送ってくれたかと問うので、二、三日中に発送する、と答えた。〝アエラ〟と〝文藝春秋〟と〝噂の真相〟が彼女の愛読誌で、その三つを読んでおけば、だいたい日本の様子がわかるというのだった。母親の様子こそ今の日本の有り様の一端にちがいないのだが、それを知らせる勇気はやはりない。

帰国は六月二十八日に決めたと、友恵はいった。早朝着の、いつもの便だという。滞在は約一カ月を予定しているが、日本での働き方は未定。横浜の夫の実家へも、祖父母の待つ故郷へも帰らねばならない。今回は、息子を幼稚園には入れずに自由に遊ばせるつもりだと、一方的に話して電話を切った。

「詐欺にあったなんて、そうそう人に話せるものじゃないわ」

あさ子は再び二人の客と向き合った。「きっと、騙されるほうもわるいとかいわれるからでしょうね」

「ママに非があるとすれば、どういう点で？」

松野が聞いた。

「もともとの性分ね。お金に執着しないことと、人に警戒心がないこと」

「わかる。ママは自分の描いた絵を売ろうとしないもの。人がほしいというと、それじゃ差し上げます、だもの」

「そうだ。藤代さんにもあげた絵があるわ」

ふと思い出した。昨年の暮れ、経理をみてもらったお礼にプレゼントした一枚の油絵。6号のカンバスに、パリのサンジェルマン教会を曇り空と木立を背景に描いたもので、自分では気に入っていた。『もらってくれる？』と藤代にいうと、素直に感謝して受けとった。玄関の壁に飾っておく、と。

あの絵はどうなったのだろう……。

気にかかった。言葉通り、玄関先に飾られているのだろうか。あるいは、飾っておくというのは社交辞令で、どこかへやってしまったかもしれない。

確かめなければ……。絵に値段をつけることはなくても、丹精を込めて描いたことに変わりはない。それをいいかげんに扱われてはたまらない。

「この間、藤代さんが自首した日に、私はまず真紀ちゃんに会いに行ったの。一緒に警察へ引っ張っていったんだけれど、そのときは玄関に絵をみなかったわ。気づかなかったのかもしれないけれど」

「飾ってなんかいないよ」

千野が決めつける。「だって、やつは小母さんをカモにしてたんだよ。ふつうの神経なら、教会の絵なんか飾れっこないじゃない」

「それじゃ、取り返してこなくちゃ」

あの絵だけは引き揚げなければならない、とあさ子は思う。

「そういえば、写真をとられるのが好きじゃなかったよ」

と、千野がいった。「やむを得ないときは別にして、もっぱら撮り役だった」

「顔をさらすのがいやだったんだね。いくら詐欺師でも、顔という嘘をつけない映像が怖かった」

「そういえば」

あさ子はまた一つ思い出した。「文字も書こうとしなかった。ほら、『わたしのいちりん』を出したとき、藤代さんは、一行も文章を寄せてくれなかったじゃない」

「そうだった」

千野が即座に返した。「いちいち嘘ばっかりついてね」

二年前、店の常連客が中心となって、それぞれ勝手なことを書いて一冊にまとめたものだった。〈いちりん〉にまつわる思い出やエピソード、日常の出来事など、どんなことでもいいという条件で、客たちに依頼し、集まったところで編集をはじめた。主だった客がボランティアとしてはたらいた、手作りの一冊だった。

藤代もまた、何か一筆書いてしかるべきだった。これまでの経緯からして、書かないとはいえないはずだった。そして、書く約束をしたのだったが、編集宛に原稿を送ったといいながら届かない、メールで送ったというがやはり届いていない、といったことを何度かくり返すうち、ついに時間切れとなって、やむなく先へすすめたのだった。

「あのときも、文章を書くのが苦手なのだろうと、みんな善意に解釈したのよね。でも、いま思えば、書けなかったのよ」

女将を騙している人間に、何ごとかを書けるわけがない。偽りの台詞はいくら口にできても、文字で嘘を刻みつけることはできなかったということだろう。

「そう、人に見せられる顔がないから、文章も書けない。それはわかる気がする」

千野が応えた。

「そういえば、彼は輪のなかに入ってこなかったね」

松野がいった。「いつも輪の外にいて、そのくせ輪を動かしたがるようなところがあったよ。ここでいろんな会をやったときもそうだった」

あれこれと思い出し、偽りの姿がその背景にあったことを悟ったところで、今さらどうにもならない。そのことに、あさ子は空しさを感じた。

すべて後の祭なのだ。が、当分の間は、その祭を執《と》り行うしかない。お祭の参加者は、これから増えていくことになる。

店の戸が開いた。また一人、常連客の顔がのぞいた。

六

その日、そろそろ店を閉めようかと思いはじめたころ、不意に扉が開いて、前頭部の禿げ上がった細長い眼鏡づらがのぞいた。いつもどこかで飲んで酔っぱらってやって来る、フリーターの佐伯光一《さえきこういち》である。

最後まで居座って、追い出すのに苦労をすることがしばしばなので、今日はもう閉店です、と口にしかけた。ふと思いとどまったのは、この人にも話しておいたほうがいいという考えがはたらいたせいだ。フリーの後にはずいぶんといろんな肩書きがつく。セールスマン、ブローカー、ネットワーカー、コーディネーターなど、自分が一体何者なのか、よくわからないというほど多彩な生き方をしている。五十代半ばの今までに、三度結婚して三度とも離婚した（そのくせ子供はいない）ことで、さすがにもう結婚はいいという、いささかくたびれた自由人だ。

いつも遅くに来る武藤が最後まで残ってくれていたので、くり返しになる話もスムーズだった。藤代が詐欺師だったという話に、佐伯は奇怪な声を発した。それまでの酔いがいっぺんに醒めたようだ。

とはいえ、佐伯自身は、それほど藤代と親しかったわけではない。たまに口をきくことがあっても、話し込んだりしたことはなく、常連客の中では、距離を置いて藤代をみていたといえる。

「やっぱり、そういうことだったんだ」

首を縦に振りながらいう佐伯へ、

「やっぱりとは、どういうことよ」

と、あさ子は問い返した。

「とにかく、せこいやつだった。俺たちからも金を掠《かす》め取っていったもの」

佐伯が妙なことをいう。「ほら、千野ちゃんたちがコンサートをやって、その打ち上げ会をここでやったことがあるの、憶えてる？」

「ああ、はい」

あさ子は思い出した。千野伸哉が学生時代に組んでいたバンドを一度だけ復活させてみようと企んで、都内のホールで催したコンサートのことだ。二年前の秋口だった。

「あのとき、藤代が打ち上げ会を仕切って、俺たちから五千円を徴収したんだよ。四十人くらい、ここに来て、もう満席で入れないくらいだったよね」

「そうだったわね。でも、五千円も徴収していたなんて知らなかったわよ」

「ほらほら。だから、やっぱりなんだよ」

今だからいう、と佐伯は前置きして、非常に評判のわるい打ち上げ会だったと皆の不満を打ち明けた。

「私は、藤代さんから、一人頭、二千円で料理と酒を出してくれっていわれていたのよ。二千円じゃ、たいしたものは出せないわねっていったら、いいんだ、もうみんな飲んでくるんだから、って。それで、ちょっとしたつまみとお酒を出して。あとで、井上さんから叱られた憶えがあるわ。確かに料理が足りなくて、みんな飲み足りないでいることはわかっていたけれど、しかたがないじゃない、一人二千円なんだから」

井上実《まこと》はやはり多芸を売り物にしているフリーターで、佐伯の知り合いだった。五年ほど前、はじめて佐伯を〈いちりん〉に連れてきたのが井上だった。

「すると、一人当たり三千円をハネていたわけだ」

武藤が呆れ顔でいった。「それって、ぼくらにも詐欺をはたらいていたってことになるよ。飲み代を騙し取ったわけだから」

「そんなこと、私、ちっとも知らなかったもの。井上さんから叱られたときも、ママはケチくさいとか嫌味をいわれただけで」

「あれは誰から聞いたんだっけ」

佐伯が記憶をたどった。「藤代はそうやって、事あるごとにお客からピンハネして小遣いにしているようだ、ってね。それで、せこいやつだと思っていたんだけれども」

その打ち上げ会に来た人たちが、五千円も会費を払ったのにロクなものが出なかったことで、あそこは高い店という印象をもったのだと、佐伯は話した。そういえば、以来、常連客以外は誰も二度と来なかった。となると、何かと世話役だった藤代のおかげで、助かっていたどころか、営業妨害をされていたことになる。

「そういえば、坂田さん！」

あさ子は不意に思い出した。「藤代さんに連れていかれた酒場で、三万円取られたとぼやいていたことがあるの。ほら、この坂の上にある〈バギー〉で」

佐伯も武藤も行ったことはないという。

「ふつうのスナックよ。女の子が二人か三人いるだけの」

「じゃ、そこもピンハネだ。マスターと組んでるね」

佐伯が断言する。

「藤代さんに連れていかれた人はほかにもいるわ。千野ちゃんの友達の松坂君。〈バギー〉で中国人の女性と出会って、しばらく一緒に暮らしていたんじゃなかった?」

「聞いたことあるよ」

武藤がいった。「相当に入れ込んでいたみたいだよ。彼もかなり金をふんだくられたんじゃないのかな」

松坂順一《まつざかじゅんいち》は家電メーカーのふつうのサラリーマンであり、それほどお金に余裕があったわけではない。が、中国人女性とはどういう成り行きだったのか、そのうち聞いてみたい、とあさ子は思う。

「藤代がからむお金の話は、他にもボロボロ出てきそうだね」

佐伯がいった。「ギャンブル仲間もいたんじゃないのかな。パチンコとか競艇をしている話は聞いたことがある」

「そう。そっちの仲間もいるわね」

それは〈いちりん〉とは別のグループであり、藤代のもう一つの顔がそちらにあることは間違いなかった。といっても、安住生命の社員を騙《かた》っていたことは共通しており、仲間の一人、阿曽艶子からもお金を引き出しているのだから、いずれのグループにおいても詐欺師であったことに変わりはない。

「で、ママはこれからどうするつもりなの？」

と、佐伯が聞く。

「どうするつもりって？」

「弁護士なら、紹介できるけど」

いわれて、あさ子は尾根刑事とのやりとりを思い出した。

まだお金が返ってくる望みがなくなったわけではないと尾根はいい、弁護士に依頼して《損害賠償の請求訴訟》を起こすことをすすめたのだ。どの程度の望みかと問えば、それは弁護士の腕次第だと答えた。しかし、下手をすれば、大金を騙し取られた上によけいな出費を強いられる。弁護士に支払うお金だって馬鹿にならない。それこそ割に合わないというあさ子に、和解という道もあるし、やってみる価値はある、というのだった。

藤代は罪の裁きを受けるだろうが、それはお金を返させるためのものではない。あくまで刑事裁判であり、不正に対する罰であって、その判決は懲役何年かでもって示される。それとは別に、民事の裁判を起こすことによって、損害を弁償することを問題にする。それをやるべきだというのだ。

問題は費用の面であり、それさえ何とかなれば……と、あさ子が考えを口にすると、佐伯はいった。

「親しい弁護士だから、何とか成功報酬でお願いしてみるよ。もし取れたときには、少し多めに報酬を払うということにすればいい」

ちょうどいいことに、その年（平成十六年）から、弁護士報酬の規定が撤廃されて、弁護士は自由に、臨機応変に依頼者の懐《ふところ》ぐあいに対応できるようになったのだという。これまでの民事訴訟では、相手方に請求する額によって着手金が異なり、請求額が多くなればそれだけ費用もかかるといった規定は、独占禁止法などに違反すると主張して闘った庶民派の弁護士がいて、ようやく撤廃になった。今回のような、取れるか取れないかわからない詐欺事件にはとくに必要な規制緩和だと、佐伯は話した。


「それじゃ、お願いしようかしら」

あさ子はいった。「何もしないでいると、返ってくる可能性もないわけだから」

「そう。人は、一万円の金を稼ぐのも大変なんだ。百円でも多く取り返すことを考えないと、あとで後悔するよ」

「そうよね。すぐには無理でも……」

返してほしい、とあさ子は思った。老後のための資金にする予定だった以上、後々きっと、残念な思いをするときがくる。

「明日、弁護士に電話してみる」

と、佐伯はいった。

あさ子は改めて頭を下げた。

翌日、N警察署から電話があった。午前十一時過ぎ、その呼出音であさ子は目をさました。はじめに今回の事件に対応した篠山刑事で、声に以前より和やかな感じがあった。

——今日、やっと藤代を送致できました。いろいろとご苦労さまでした。

「送致といいますと?」

——一応、警察での調べが終わって、検察へ送ったということです。検事の調べはこれからですが、松原さんには検察庁のほうへも行っていただくことになりますが、その節はまたよろしくお願いいします。

「また、行くんですか」

——検事のほうから来てほしいという要望があれば。

あさ子はげんなりした。もう、あのような聴取はたくさんだ。それをいうと、篠山刑事は笑って応じず、自分たちもまだ大変なのだという。

——これからもう一件、阿曽艶子のほうをやらねばならないんです。明日は、熊本へ行ってきます。

「刑事さんのほうから出かけられるんですか」

——しかたがないでしょう。よりによって、九州へ帰る予定の人間を騙すとはね。

「飛行機で?」

——そう。それも旅費はこっちの立て替えですよ、安月給の中から。

篠山はぼやいた。企業の出張とちがって、費用の前渡し金は出ない。従って、遠方への出張はいったん自腹を切って、あとで請求することになるのだという。

阿曽の方の情報も得たいと、あさ子は思った。そのことを刑事にいうと、

——こっちのほうが額は大きいですからね。いずれにしても、藤代の起訴は免れないでしょう。

裁判になることは間違いないという。そして一方、弁護士を雇って民事訴訟を起こすことについては、どのように考えているのかを尋ねた。

「いい条件で弁護士さんを紹介してくれる人がいて、まかせようと思ってます」

——それはよかった。しかし、安易な妥協はしないでくださいよ。

「といいますと?」

——相手も弁護士を雇ったようですから、刑事裁判を有利に運ぼうとして和解しようとするかもしれない。しかし、いいかげんな妥協はしないでほしいんです。

そういわれても、あさ子にはピンと来ない。かつて、尾根刑事が取れるか取れないかは弁護士の腕次第、といったことを思い出した。

「いい腕の弁護士さんだといいんですけど」

——そう。いい条件での和解ならしてもいいでしょうが。

「というと、刑事さんは、やっぱり藤代さんはお金を十分に残して自首したと思っておられるん

ですね」

――いや、そういうことじゃないです。

篠山刑事は慌《あわ》てたふうに否定した。あさ子にはその点がすっきりしない。

「警察は、ただ藤代には金がないというだけで、その使い途《みち》についてはまだ掴んでおられないんですよね」

――いや、それはおよそ解決しています。生活費のほかはギャンブルですね。

だが、あさ子には納得がいかない。

「隠し金がどこかにあるんじゃないですか？」

――いや、それはないでしょう。お金があるのに返さずに自首するというのは、ふつうは考えられませんから。

それでは、民事裁判を起こしても無駄ということになる。お金のないところから取れないわけだから、弁護士の腕次第もなにも関係がない。そんなふうに言葉を返そうとして、あさ子は口をつぐんだ。刑事を相手に、電話で愚痴めいたことを言いつのってもはじまらない。

不意に胃の痛みを感じた。身体の疲労より精神的な疲れのほうがひどいことはわかっている。洗面台に向かい、鏡にうつる顔をみて、やつれたと思う。目の周りの皺や頬のたるみようが一段と増して、本来はさほど老けを感じさせない丸顔がいまは見る影もない。

いけない、とあさ子はつぶやいた。これまでの人生で、これほどの危機を感じたことはない。

このままでは、身も心もボロボロになってしまう。一体何のために夫の元を去り、子供たちからも距離をおいて自分自身の生き方を選んだのか。それがわからなくなるほどつらいことはないという気がした。

このところ、絵も描いていない。いや、描きさしのものが二点ばかりあって、六月下旬の展覧会に出す予定だが、今回のことがあって、少しも筆が進まない。

何とかしなければ……、とあさ子は、朝を兼ねた昼食を用意しながら思った。食欲はないけれど、食べなければ身がもたない。

また、電話が鳴った。今度は携帯のほうで、佐伯光一からだった。昨日はどうも、と佐伯はいってから、さっそく用件を切り出した。

――今日の夕方、弁護士と待ち合わせて店へ行きます。条件は、成功報酬を多めにということと、事件が解決をみるまでお店での飲み代はタダ、ということにしました。

「それはどうもありがとう」

――ただ、印紙代だけ、六万円くらいかかるそうです。あと、交通費を含めて、十万円くらい用意してもらえれば、解決まで一円も要らないことにしました。

「助かるわ。いま、刑事さんとも電話で話して、民事は民事でやるようにといわれたところなの」

詳しい話はまた後で、とあさ子はいって電話を切った。

まさかこんなことで佐伯の世話になるとは思わなかった。このごろは、フリーターの活動のほうも低迷している。数年前、先物買いに手を出して大損したのが運のツキで、最近は日銭だった派遣の仕事もリストラされて、常連たちは、一体佐伯はどうやって食っているのだろうと口にするほどだ。一時は羽振りがよかった人なのに、世の不況もあるのか、飲み代もままならないほど貧しくなってしまうとは、フリーターの世界も大変らしい。もっとも、武藤と同様、自分一人が食べていければいいのだけれど……。

そういえば、佐伯も早稲田大学の出身だ。あさ子は因縁を感じた。ワセダに騙され、ワセダに助けられる……。

七

午後六時ちょうどに、店の戸が開いた。

佐伯の顔がのぞき、つづいて背広姿が現れた。野上《のがみ》喜一郎《きいちろう》という名は前もって聞いていた。色白の端正な顔立ちをした人で、四十代の後半にしては若くみえる。がっしりした体格で上背もあり、いかにも法曹界にいる人らしい、折り目正しい印象があった。

名刺を交換し、初対面の挨拶を交わしてから、奥の座敷へと案内した。半ば壁でさえぎられているので、客が来てもそこなら邪魔をされることはない。

とりあえず、生ビールを運ぶ。用意した料理は、煮物や刺身の類だったが、それは徐々に運ぶことにして、さっそく一件についての話題に移った。

まず藤代芳明が自首したことについて、

「私も長く弁護士をやっていますが、こういうケースははじめてでしてね」

野上弁護士はいった。「一般的に、詐欺というのは逃げるんですよ。人からお金を騙し取ったあとは姿をくらましてしまう。それがふつうなんですがね」

「私もそれでびっくりしているんです。警察から電話があったときも、何が起こったのかしらって……」

あさ子はこれまでの経緯を話した。

実はその日の午前中、またも尾根刑事から呼び出しがあって出かけていった。藤代に振り込んだお金の銀行調査で、わかったことの確認だった。別にとってあった一枚を除いて振り込み証を捨ててしまったことから、よけいな手間をかけさせたのだったが、M銀行N支店の藤代名義の普通口座へ振り込んだ日時と金額がきちんと出されているので、さすがの調査力だと感心した。

平成十一年から十五年にかけて、不定期に、十六回にわたり、そのつど異なる額を、異なる名目の下に、藤代の誘いに応じて振り込んでいる。締めて、八百四十二万八千五百五十円。これ以外は、店での現金手渡しの部分だが、証拠がないので除外されている。

弁護士に会う前に、そうした資料が手に入ったので好都合だった。警察で写し取ってきたそれをみせながら、あさ子は説明をつづける。

異なる名目とは、藤代の友人の金融会社に預けて運用してもらうための元金と塩田製薬の株一千株のうちの五百株分、それに利息代わりに商品をつける融資金である。

融資金は、推定二百万円、一回につき三十万円から百万円を振り込んでいるが、それらは満期の一カ月ないし三カ月後に液晶テレビ、ノートパソコン、それにデジカメなどをつけて返されているので、被害はない。が、法的には、それも詐欺にあたるとみなされたから、結局、総計で、一千七十二万八千五百五十円、となっている。証拠なしとして除外された分、返ってきた融資金の部分でカバーされているから、それくらいが妥当なところだ。

「すると、こちらの実質的な被害額は、端数の七十二万円余りが利息で返ってきているとみて、約一千万円ということでいいんですか」

「はい。あくまでおよそですけれど」

「最初が平成十一年というと、お店をはじめられてから何年後ですか」

「四年後になります。開店したのが平成七年の暮れでしたから」

「すると、それまではただのお客として来ていたんですね」

「はい。私にまとまったお金が入ったのが、平成十一年のその頃でした。ちょうど藤代さんをすっかり信用するようになった時期でもあるんです」

あさ子は改めて記憶をたどった。お店の経理をみてもらうようになったのも、その前年度くらいからだった。その意味では、思いがけない保険金の満期払い戻しは、実にタイミングがよかったわけだが、そういうチャンスを虎視眈々とねらっていたのだろう。最初に安住生命の社員を名乗ったときから、足掛け四年にして最大の好機が訪れたのだ。

「これには真紀ちゃんがからんでいる、という気がしてならないんです。藤代さんの奥さんで、内縁だったことがわかったのですが、彼女の役割が大きかったと……」

警察でもいったことだが、いまはいっそう疑わしいと思う。

第一、夫が自首したというのに、あの落ちつきようは何だったか。その日のうちに、彼女の手によって藤代の携帯電話が解約されたことからして、何とも手際がいい。詐欺をはたらいたので自首する旨のメモを置いて家を出たというが、ならば、もっとうろたえてもいい。メモには、二人の女性から預かったお金を使い込んでしまったという自首の理由が書いてあったらしいが、こちらはそれをみせてもらったわけでもない。

「ふつうは、うろたえるでしょう。それなのに、いくら車が渋滞して動かなくても平気でした。あれは、すべてを承知している人の態度です」

あさ子がいうと、野上弁護士はうなずいて、いま小笠原真紀はどうしているのかと聞いた。まだ、いまのマンションにいるはずであり、在宅している可能性もある。

「行ってみましょうか」

と、弁護士はいった。

そのとき、ちょうど戸が開いて、一瞬、困ったと思ったが、馴染み客のなかでも無理がいえる金村洋介《かねむらようすけ》だったので助かった。乳製品の製造会社に勤めて四十年近くが経ち、間もなく定年を迎えようとしている、競馬が趣味の気さくな人だ。

金村に瓶ビールとお通しを用意してから、「ちょっと出かけてくるので留守番、お願いするわね」と、あさ子は頭を下げた。

店から歩いても五分とかからない。その町の三丁目にある、十一階建のマンションへ、あさ子は弁護士と佐伯を案内した。ロビーの［801］と記された郵便受けをみると、［藤代・小笠原］とネームプレートにあって、二人が内縁関係であることを示していた。

チャイムを押してしばらく待つと、はい、という返事があった。

「真紀ちゃん。私、松原です」

あさ子はインターホンへ声を送った。「ちょっと話を聞かせてほしいんだけど、いいかしら。いま、弁護士さんと一緒なんだけど」

「はい。いま開けます」

素直な返事があって、意外な気がした。会いたくないと返されるかもしれないと覚悟していたのだが、いささか拍子抜けがしたほどだ。もっとも、会いたくないというと、よけいに嫌疑をかけられるわけで、当然の対応ともいえたか。

やっぱり掛かっていない……。

玄関に入り、壁をみて、あさ子は思った。藤代にプレゼントした絵はどこへ行ってしまったのか。玄関に飾っておくといったのに、それも嘘だった……。

「お邪魔します」

いいながら弁護士が靴を脱ぎ、佐伯がつづく。

白い色調の家具で統一された、小ぎれいな部屋だ。2LDKと聞いていたが、通されたリビングは四畳半ほどで、テーブルとソファが一つ、それにテレビと茶箪笥が置かれており、いかにも狭くるしい。これが安住生命の社員寮とは、来てみれば嘘とわかる。マンションの格からして、前々からおかしいとは感じていたが、不況で会社もケチになっていると聞けば、そういうこともあるのだろうと思ってしまった。そういえば、あさ子のマンションから歩いて五分ほどのところに安住生命の社員寮があったので、藤代さんたちはどうしてあそこに入らないの、と尋ねたことがある。人事部の課長になったという話をした直後のことで、すると、一瞬口ごもり、答えらしい答えを聞けなかった。

台所へお茶をいれに立つ真紀へ、あさ子は、

「気をつかわないで。お茶はいいから、話を聞かせて」

いっても聞かないので、もう一度、「ほんとにいいから。店をあけてきたので時間もあまりないから」と、言葉を重ねた。それでも耳を貸さず、ゆっくりとお茶をいれるので、あさ子は苛立った。

何を聞かれるのか。どう答えようかと、うつむき加減の横顔が懸命に考えているようでもある。

やっとお茶を運んでくると、ソファに腰かけた弁護士たちの前に置く。あさ子は、絨毯の上に脚を流し、膝を折った真紀と同じ高さの目線で向き合った。

「聞くところによると」

と、野上弁護士が切り出した。「あなたは藤代さんが自首したことを当日の朝に知ったようだけど、そのときまで彼が詐欺をはたらいていたことは知らなかったんですか」

「知りませんでした」

「当日の朝、藤代さんの書き置きをみてはじめて知ったということかな?」

「そうです」

声が緊張ぎみで、素顔の頬がこわばってみえる。やや色黒の、出っ歯だけが目立つ平凡な面長の顔に厚化粧をすると化けるのが不思議に思えるほどだ。

「どんな文面だったの?」

弁護士が問いつづける。

「松原さんと阿曽さんのお金を使い込んでしまって、返せなくなったから、これから自首する、というものです。私の名前でサラ金からお金を借りたことも申し訳ないと書いてありました」

「それから?」

「それだけです。あと、携帯電話をすぐに解約するように、と」

その書き置きをみせてもらえないかとあさ子がいうと、警察に出してある、と真紀は答えた。怪しいものだが、いまは打ちゃった。

「あなたの名義で、サラ金からいくら借りたんですか？」

「あちこちから、合計で五百万円くらいです」

「それは、あなたに無断で？」

「はい」

「あなたの名義で、どうやって借りることができたのかな」

「アメックスのゴールドカードを渡してましたから」

「彼は、あなたのカードを使っていたんですか」

「そうです」

あさ子は引っかかりをおぼえた。藤代は店での支払いにカードを使っていたことを思い出したのだ。

「すると、あなたは自分のお金で彼を養っていたことになるのかな？」

弁護士に聞かれると、真紀は頭を揺らしてしばらくためらった。

「私のお給料はいったん彼に渡して、その中から私が必要な分だけお小遣いをもらうようにしてました」

「すると、生活はあなたの給料だけでやっていたんですか」

「そうです」

「それでやっていけたの？」

「はい。でも、生活は切りつめてました。彼も、床屋で散髪するのはもったいないといって、私にベランダで切らせたくらいでしたから」

「そんなふうに切りつめた生活をしていて、あなた自身はよくタイへ旅行に出かけていたわね」

不快な気分に陥りながら、あさ子は口をはさんだ。真紀が空とぼけるふうに首をかしげてみせる。

「こないだも、四月に入って出かけているわね。藤代さんが店に来て、今日、真紀が帰ってきたので空港まで迎えにいったとかいっていたけれど」

「あれは、自分へのご褒美に出かけたんです」

と、真紀は挑むようにいった。「年に一度か二度……。でも、バックパックの、十万円くらいでいける安い旅行ですから」

四月九日から二十日まで、タイのサムイ島だったという。シンガポール経由で行ったと聞いて、佐伯が口をはさんだ。

「シンガポールからはどんな飛行機で？」

真紀が思い出そうとするように宙へ目を向けた。

「ちょっと憶えてません」

「トランジットで乗り換えたでしょう」

「はい」

佐伯はそれ以上の追及をやめた。しばらく沈黙がつづいたあとで、弁護士が改めて問いかけた。

「生活は質素だったといいましたが、彼はギャンブルとかはしなかったんですか」

「パチンコとか、あと、競艇を少し」

「のめり込むようなことはなかったの？」

「それはなかったです。パチンコは、一定の額以上はやりませんでしたし、競艇にしても週末の一日だけでしたから」

「すると、彼は松原さんや阿曽さんから引き出した金をどこに使っていたんですか」

野上の問いに、真紀は小首をかしげて、

「わたしには、それは……」

と、あいまいに頭を振った。

「そういう質素な生活をしていたのだし、ギャンブルにしても大金をつぎ込むようなこともなかったのであれば、どこに使っていたんでしょう」

「私にはわかりません」

「それに、生活はあなたの給料でまかなって、あなたのカードを使って飲んで、どうして五百万円の借金なんかしたんでしょうね」

真紀はそれにも首をかしげただけで答えない。あさ子はまたも引っかかりをおぼえた。お金が残っていない理由について、篠山刑事の言葉を思い出したからだ。

「警察は、ギャンブルに使ったようだといってるけれど、そうじゃないのね」

「わたしにもはっきりとは……」

真紀の答えがあいまいすぎた。

完全なヒモ状態、それも、逆に彼女を支配して暮らしていたというのが実際の姿だったとは、にわかには信じられない。

「あなたは、彼が安住生命に勤めているというのが嘘だってことはわかっていたんでしょう？」

野上弁護士が問いつづける。

「うすうすは感じていました」

「うすうすとは？」

「本人は休職しているといってましたが、それにしては長すぎると思ってましたから」

「あなたからは問いただささなかったんですか」

「はい」

「それはどうして？」

「藤代のことが好きでしたから。あまり追いつめると、相手の機嫌をそこねてしまいそうな気がして」

真紀がうなだれて、涙声でそういったとき、あさ子は、

「だってあなた」

と、怒りをこめていった。「はじめて店に来たときから、つい最近まで、私は安住生命の藤代の妻ですって、はっきりいってたじゃない」

「………」

真紀が黙り込む。彼女もまた嘘ばかりついている、とあさ子は感じた。

「いくら休職中といっても、何年も会社を休んでいる人がいると思う？　疑っていたとか、うすうす感づいていたなんて、そんな話は通らないわよ。こんなふうに同棲までしていて、わからないわけがないいじゃないの」

真紀はそれにも答えない。弁護士が問う。

「あなた自身は、どんな仕事をしていたの？」

「水商売です」

「水商売というと、ホステスの仕事ですか」

「はい。藤代からは、私が水商売をしていることは絶対に人にいうなとクギを刺されてました。それで、安住生命の藤代の妻ということで通したんです」

「実際は結婚していないことも、いってはいけないといわれていたの？」

あさ子が問うと、真紀は黙ってうなずいた。あれやこれやの藤代の忠告に従ったということだ

ろうが、積極的にその嘘につき合ったのはなぜだったのか。藤代の偽りの姿を認め、それが暴かれるのを避けるために力を貸していたとしか思えなかった。

「ところで、サラ金から借りた五百万円については、どうするんですか」

野上が話題を変えた。

「友達の知り合いの弁護士さんに頼んで、破産宣告をしてもらおうと思ってます。そんなお金は私にはとても返せませんから」

「破産宣告をして、あなたはどうするんですか」

「一応、ここを出ます」

「出て、どこへ?」

「まだわかりません。ただ、ここにはもう住めませんから」

家賃は十四万円だというから、破産宣告をするのであれば出るのは当然だろう。が、それでも、あさ子は納得がいかなかった。

「藤代さんは、お母さんからも二千万というお金を引き出していたそうね。それは聞いている?」

「はい。警察で」

「私と阿曽さんと、お母さんの分を合わせると、一体いくらになると思う? それにサラ金からの借金を加えると……、しかも、阿曽さんの二千八百万円は、この二年間で引き出したものなのよ。そんな大金を彼がどこに使ったかもわからなくて、あなた自身は破産宣告をしなければならないなんて、私にはとても納得できないわ」

真紀はそれにも答えず、ただ唇を曲げて頭を揺らしただけだった。

「そういえば、藤代さんはお店でも、一晩で二千円以上は使わなかったわね」

あさ子がいうと、弁護士が顔を振り向けた。

「本当ですか」

「はい。ビール一本にお通しと、それからつまみを一品くらい取るだけでしたから。それで二、三時間過ごすうちに、隣の人からお酒や氷をもらうことはあったけれど」

「そう、そういう飲み方だったね」

と、佐伯が口を添える。「とにかく堅実というか、周りがどんなに酔っぱらっても、彼だけは醒めていたからね」

「そう。藤代さんが酔って騒いだりしたことなど一度もなかったわね。およそ冷静で、何ごともきちんと計算している感じだった」

それで何千万というお金がすべて消えてなくなったとはとても信じられない。それが最大の謎であることがはっきりしたと、あさ子は思った。

「まあ、それはともかく」

と、弁護士が話を戻した。「あなた自身は、これから彼とどういう関係でいるつもりなのかな。

出てくるのを待つつもりでいるの？」

「それはまだわかりません。いまは、何も考えられないんです。でも、彼のことはまだ好きですし、待っていたい気持ちもありますけど、ただ、将来はどうなるかわからないし、どうしたらいいか……」

最後は、涙を浮かべて声を震わせる。うなだれた沈鬱そうな表情は、それ以上の追及を拒んでいた。

これは演技だと、あさ子は感じた。最後は「涙」という奥の手で、すべてをごまかし、逃げにかかったのだ。

弁護士が、そろそろ、と目配せをする。確かに、潮どきだった。が、ひとつだけいっておかねばならないことを思い出した。

「私が藤代さんに差し上げた絵のことだけれど、玄関に掛かっていないわね」

「はい？」

「藤代さんが持って帰った絵のことは知ってるでしょう」

「はい」

「どこにあるか、わかっているわね」

「たぶん、奥の部屋に。まだ片付けが終わっていませんので」

「それじゃ、みつけてお店へもって来てくれる？」

「わかりました」

脅えたように、真紀が答える。

あれをここに置いたままにしておくのは耐えられない。こうして心を汚された以上、と言葉を重ねようとして、あさ子はやめにした。そこまでいうことはない。

「それじゃ、引っ越し先が決まったら教えてちょうだいね」

帰り際に、あさ子はいった。

「わかりました」

素直に答えたが、教えてくれないだろう、とあさ子は思った。それはしかし、どうしても突きとめねばならない。今後、真紀がどういう動きかたをするのか。それを知らなければ、何もかもがうやむやになってしまう、という気がした。


七時半過ぎに店に戻ると、カウンターには留守番の金村のほかに幾人か、馴染みの客が来ていた。アルバイトの女性が七時から入ってくれていたから、お客の世話は彼女にまかせて、どうにか弁護士たちとの時間がとれた。

「そういえば、ある時期から真紀ちゃんはあまり店に来なくなったわね」

あさ子はいった。「いつも一緒で、仲のいいところをみせていたのに。出世のさまたげになる子だとか、私がうるさくいうから連れてこられなくなったのかしら」

「正体が真紀のせいでバレることを恐れたんだよ」

佐伯がいった。

「そういえば、彼女はよく藤代さんに大声で叱られることがあったわ。何かの拍子に、突然、黙れ、とか、うるさい、とか。あれはきっと、真紀ちゃんが酔ってうっかり本性をみせるのを防いだんだと思う。水商売だってことは隠していたことだし」

「水商売がバレると、自分の嘘も暴かれる。それが怖かったんだよ」

「そう。真紀ちゃんは北里大学の看護学校の出で、エステの派遣社員ということになっているのに、酔って本性を現すのを恐れたのよ。連れてると、役に立つ一方で危なっかしくもあったということでしょうね」

妻を連れて行動することで、藤代に妙な信用度が加わったことは確かだった。たとえ問題のある女性であっても、そこを大目にみれば、まさか二人ともに嘘、偽りで固めているとは誰も思わない。それが藤代の狙い、思惑でもあっただろうか。

問題は、小笠原真紀が藤代の偽りの姿にどのように関わっていたかだ。十年余りも同棲している男女が、お互いについて曖昧な知識しかないというのは考えられない。自分のカードまで使うことを許していた真紀が、藤代の本当の姿をわかっていなかったはずはないし、むしろ積極的に偽りに協力したとみるほうが自然だ。

真紀にしても、藤代が作り上げてくれた虚像を受け入れて、安住生命の社員の妻として、案外、気分よく過ごしていたのではないか。お酒もつよく、藤代よりはるかによく飲んで、明るく振舞っていたことからして、それはいえそうな気がする。

となると、あさ子からお金を騙し取る計画は真紀も承知していたことになる。それは藤代が自首する朝まで知らなかったというが、やはり怪しい。少なくとも当日の朝などではなく、もっと前に相談をもちかけられるかどうかして、自首を承知していた可能性が高い。あるいは、お金を騙し取る段階から承知して、藤代に協力したとすれば、まさしく共犯ということになる。

野上弁護士と佐伯は、そこまではどうかという意見だ。詐欺行為そのものは藤代が単独でやったのではないかというが、あさ子は疑いを解かなかった。真紀なら、何をやらかしても不思議はないという気がした。自分も被害者であるかのごとく装うことなど平気でやってのけるだろう。サラ金から無断で五百万円の借金をされたという話にしても、眉唾《まゆつば》かもしれないのだ。

「例えば、騙し取ったお金を隠す役目をしたのが真紀ちゃんだった場合、共犯にはならないんですか」

あさ子は弁護士に尋ねた。

「その場合は、共犯といっていいでしょう。謀議もあったはずだし、二人で役割分担をしたわけですから」

「海外での隠し預金、という手があるよ」

佐伯がふと思いついたようにいう。「真紀はよくタイへ旅行していたということだけど、役割分担としては考えられることだと思う」

「真紀ちゃんがお金をタイへ運ぶ役？」

「そう。ぼくもタイは知っているけれども、外国人が銀行に預金するのにパスポートさえあればいいんです。今は少しうるさくなって、労働許可証《ワーク・パーミット》を要求するところもあります。というのは、麻薬などのマネーロンダリングが問題になったからですが、以前は、身分証の提示すら求められなくて、偽名であってもよかったくらいです。ジェームス・ボンドでもマイケル・ジャクソンでもいい。ただお金がすべて。そんな時代が日本にもありましたよ」

「それじゃ、タイへお金を持っていって、預金されていたらお手上げじゃない」

「そういうことです」

「しかし、そうまでしてお金を隠して、自首して出るというのはちょっと考えにくいですね」

野上弁護士が冷静にいった。「前にもいいましたが、詐欺師というのは、お金を取ったあとは逃げるんです。そんな預金を海外に蓄えたのなら、さっさと飛べばいい」

「いま思い出したわ」

手で膝を打って、あさ子はいった。「あの二人は、店でよく話してましたよ。将来は海外で暮らしたいんだって。それが夢なんだって、口ぐせみたいに」

「お金を海外に隠したのかどうかはともかく、真紀のタイ行きは一応、臭いということにしておいたほうがいいでしょうね。サムイ島へ、バックパックの貧乏旅行をしたといってたけど、それはない。タイのリゾート地へ、日本女性がそんな貧しい旅をするなんて、考えられない。思うぞんぶん羽根を広げて、ビーチボーイを思いのままにして遊びほうける者もいるところですよ。それなら、自分へのご褒美というのはわかる。その点でも、彼女は嘘をついている。シンガポールからサムイ島への乗り継ぎ便を答えられなかったのも臭いね。あれはタイの国内航空がサムイからシンガポールへ乗り入れているんです。確かに、乗り継ぎの便はあるんですが、ひょっとすると、サムイ島へ行くふりをして、シンガポールで留まったのかもしれない。となると、隠したのはシンガポールの銀行ということになる」

佐伯の推測の当否はともかく、先の長い話だ。今は、話題の一つひとつがリンクして関連をもち、先々の収穫につながることを期待するほかはなかった。

「さっそく民事訴訟の手続きに入りますが」

野上弁護士がいった。「今後は、刑事のほうの状況をみながら進めることにしましょうか。刑事と民事は別ものだといっても、互いに影響は受けますから」

民事のほうが先に解決をみるか、それとも刑事の方が先になるかは、お互いの駆け引きにもよるらしい。

「ご面倒をおかけしますが、どうぞよろしくお願いします」

あさ子は深く頭を下げた。

弁護士を店先で見送って戻ってくると、藤代を知る客たちの姿がカウンターに居並んでいた。

全員が被害者だという思いが胸をよぎった。多かれ少なかれ、皆が心にダメージを受ける。そのことが、酒場をはじめて以来、最大の転機をもたらすように思えた。それも危機が訪れそうな気がして、またも胃が痛みだした。

八

やはり、地検へも行かねばならなかった。

その日、N署の篠山刑事から電話があって、翌週の月曜、十七日に東京地方検察庁へ、高村検事を訪ねていくように、との指示があったのである。

またか、とあさ子はうんざりした。一つの犯罪が被害者に与える損害は、実質的なものばかりでなく、時間的、精神的ロスも含まれる。そのことをいやというほど感じさせられていたから、なおもつづく面倒にはうんざりだった。

しかし、藤代を起訴できるかどうかは、検事の取り調べとその判断にかかっている。警察での調べを踏まえて、さらに詳細を確認するのが検事の職務であり、最後のツメなのだと、篠山刑事は渋るあさ子を説得した。

その日、午前十時ちょうどに、地検刑事部の高村浩二《たかむらこうじ》検事を訪ねていったあさ子は、警察とは違った雰囲気にいささか緊張をおぼえた。対面した瞬間から、その眼光に何かを狙い定めるような鋭さと威圧的なものを感じた。

事の発端からの経緯を相手の問いに答える形で話していくなかで、およその内容は警察ですでに話し終えていることだった。が、またぞろ同じことを何度もくり返し聞かれるので、あさ子は業を煮やした。いいかげんな供述をしているのではないかという疑いがまずあって、時間を置いて再質問することで、前の答えとの食い違いはないかを確かめているのだろうが、まるで拷問を受けているような苦痛をおぼえた。

あさ子が藤代の口座に振り込んだ金額についても、それが金融会社に預けるためのものだったのか、電化製品を利息につける条件下の融資であったのかが問題になった。

「警察でも話したように、憶えていないんです」

答えると、高村検事は眉間に皺を寄せ、

「それじゃ困るんですよ、何とか思い出してくれないと」

高圧的な調子でいわれて、いよいよ頭に血がのぼった。

「これだから被害を受けても誰も訴え出たりしないんですね。面倒くさくて、よけいな出費ばかりで、ほんとうに割を食うばかりで！」

あさ子は心底、うんざりした。

尾根刑事が自宅アパートまでついてきて、やっとみつけ出した証拠の一枚。それでようやく逮捕にこぎつけて、警察もホッとしたはずだ。その後の銀行調べで藤代の口座に振り込まれた回数と額が割り出されたのだったが、電化製品については、藤代の供述から、秋葉原の家電店で買ったことがわかっているだけで、その日時と製品名までは調べがついていないという。検察庁では、そのへんの詳細まで要求されるらしい。

「思い出せっていわれても、できないものはできないんです。そんな無理をいわれるのなら、ほんとにもういいです」

あさ子は、切れかかっていた。「もう藤代さんを起訴してもらわなくてもけっこうですし、私もそのほうがいいです。こんな面倒なことをくり返すくらいなら、早く藤代さんを釈放してもらって、少しでもお金を返してもらったほうがいいですから」

高村は苦笑を浮かべた。

「わかりました。それはペンディングにしておきましょう」

いったん引いた。警察のさらなる調査待ちということになるらしい。

午後一時には切り上げてほしいと、前もっていってあった。どうにか予定の時間を少し過ぎただけで解放され、地検を後にしたあさ子は、腹の底から疲れをおぼえた。休みなく、昼食もとらずに三時間。もう本当にこんなことは終わりにしたいと思う。

自首するなど、よけいなことをしてくれたものだ。一般の詐欺師のように、さっさと逃げてくれたほうがよかった。逃げて姿をくらましてしまえば、こちらは、騙されたことを自分の内で処理できる。それこそ、自分が馬鹿だったと自覚して、あきらめもつくだろうに……。

地下鉄への階段を降りるのが怖いほど、足元がおぼつかない。これから電車に乗り、いつものデパートで仕入れをし、店まで無事に着けるかどうか心配になるほど気分がすぐれなかった。

電話が鳴った。

あさ子はそこが店の座敷であることに気づくと、あわてて身を起こした。疲れ果て、ほんの十分のつもりで座布団を枕に身を横たえているうち、寝込んでしまったのだ。

受話器の声が、阿曽といいますが……、と名乗った。今朝、熊本から出てきて、いま最寄りの駅にいる、という。警察での事情聴取を終えたところで、今夜は友人宅に一泊するので、お店へ伺ってもいいかというのだった。

大急ぎで準備にとりかからねばならない。六時の開店まで一時間しかないが、何とかなる。週はじめだし、それほど忙しくはないはずだった。

どうぞ、とあさ子は答えて、ただ六時以降にしてほしい、と告げた。友人ひとりと、かつてのギャンブル仲間が一緒だというので、なおさら都合がいい。藤代は彼らのグループの一人であったが、〈いちりん〉へ連れ立ってきたことはたまにしかなく、従って、彼らとは顔見知り程度だった。

どうにか支度を終えた六時過ぎ、阿曽グループはやって来た。

あさ子は奥の座敷へと彼らを通した。阿曽艶子とその友人だという年配女性、それに加瀬信造と白井卓次の四人である。

阿曽からの事情聴取は、最初、篠山刑事が九州へ飛んで行っている。篠山は旅費が立て替えであることをあさ子の前でボヤいたものだが、熊本では、阿曽宅が一泊を提供して、夕ご飯まで食べさせたという。まさに密着型の事情聴取となったようで、今回は阿曽のほうから東京へ、むろん自腹を切ってやって来た。よけいな時間と経費がかかって、まったく割に合わないという嘆きは、あさ子と同様であった。

ただ、事情聴取そのものは順調だったという。というのも、あさ子と違って、お金の出入りをきちんとメモにして残しておいたからだった。名目は、社債と株の購入であり、あさ子の場合と一部異なっている。

必ず利益が出るといって持ちかけられた社債というのが、安住生命系列の安住アセットメント株式会社のものだった。それが平成十四年十二月から十五年十一月までの約一年の間、十四回にわたり、最低九十五万、最高二百九十万円まで、合計で二千数百万円を藤代の口座に振り込んだ。あさ子からはもう金が出ないとわかった藤代は、あたかも列車を乗り換えるような形で今度は阿曽から騙し取ったのだ。

一体、何というタイミングのよさだったか。その時期、阿曽は東京の家を処分して三千万円ほどが手元に残ったという。再婚し、九州へ帰ることに決めた時期でもあって、やはり〝安住生命の藤代〟を信じて疑わなかった彼女は、この際、老後の資金を少し増やしておこうと欲を出した。

それがアダになったのだ。

「そのつど、利息だといって七万円前後を持ってきていたから、すっかり信用してしまったのよ」

興奮ぎみの口調は、内に秘めたつよい憤りゆえだ。ずり落ちそうになるメタルフレームの眼鏡を押し上げ、目をしばたたき、頭を揺らしながら、被った損害について話しつづける。

平成十六年一月からは、株購入の勧めに変わった。いくら優秀な会社の社債だといっても、限度というものがある。二千万円を超えた時点でストップをかけると、今度は、確実に株価が上がる銘柄があると誘いかけた。

「その銘柄は教えられないっていうのよね。ちょっと特別な株だから、って。これも信用してしまったのよ。馬鹿だね、まったく！」

吐き捨てる。生ビールを口に運ぶ手が小刻みに震えた。

それも平成十六年一月の六十万円からはじまって、同年四月の最高額百七十万円まで、五回にわたって、計六百数十万円を振り込んでいる。先の社債と合わせると、合計二千八百六十一万四千円。あさ子の一千万よりはるかに大きな被害額だ。

「買ってもいない株を買ったというわけでしょう。株には株券というものがあって、それがないというのはおかしい、いくら特別な株だといっても、証文がないのはおかしいわけ。四月二日に五回目を払ってから、おかしいと思ったの。で、藤代さんにいったの。これまでのものをいったん引き揚げたいから、元金をすべて返してちょうだい、って」

「私の場合は、四月いっぱいを期限にしたのだけれど」

「私も同じよ。全部返してほしい、って」

あさ子は意外だった。二人の女性から元金の返済を迫られて、それも同時期に返さねばならなくなったとは……。

「藤代さんは返すといったの？」

「そう。四月中には返すというから、私と主人が確認の意味で上京したの。そして、……ああ、もう悔しい！」

阿曽が唐突に叫んだ。その拍子に眼鏡がずり落ち、あわてて押し上げる。一つ息をつくと、隣へ顔を振り向けて、説明してちょうだい、と乞う。

白井が代わって身を乗り出した。大学では体育系だったというだけあって、いい体格をしていて、大造りの顔立ちも整っている。仕事はパチプロだというが、それで食べているのかどうか。

「姉さんたちと、前日まで酒を飲んでいたんです。つまり、自首する前の日まで」

「どういうこと？」

あさ子は問い返した。仲間うちで、阿曽は〝姉《ねえ》さん〟と呼ばれていた。

「やつが自首したのが四月三十日だから、二十九日の夜、やつは姉さんたちと俺らをマンションに招《よ》んで夜遅くまで飲んでいるんです。明日は振り込むようなことをいって、最後まで知らんぷりして、次の日に自首したってんでしょう。いいかげんにしろっていいたいですよね」

「それも主人が酔っ払って危ないからって、坂の上まで送ってくれたのよ」

阿曽が後を受けた。「それじゃ、明日振り込んでおいてねって、私たちは九州へ帰るからって、別れたの。熊本に帰ってきたと思ったら、突然、警察から電話があって、もうびっくりしちゃったわよ」

あさ子はうなった。藤代との最後のやりとりは携帯電話だったから、相手の表情まではわからなかったが、阿曽の場合は、前夜に飲み会までもっていたとは信じがたかった。

「それはずいぶんとショックだったでしょうね」

自分のケースを話した。やはり最後まで、明日には振り込むと言い逃れ、ついに時間切れとなって、突然、自首したという話が警察からあった。藤代との電話のやりとりを思い起こせば、何ら悪びれることなく、間違いないような口をきいた。そんなに信用できないのなら、お金を店までもっていってもいい、とまでいったのだ。

「そういう点は似てるわよ。お酒を一緒に飲んでいる間、本当のことはおくびにも出さなかった。最後の最後まで騙してくれたわね！」

「どうしてそんなふうにできるんだろうか」

加瀬が首をひねっていう。すでに六十歳に近く、建設現場で働いているせいか、見目形にいささか疲れのみえる男性である。「俺たちと前の日に酒まで飲んで……。俺にはわからねえ」

「詐欺師だからよ」

白井が返す。「身分を偽って、俺たちまで騙して、標的はあくまで姉さんだった。家を売って金をつくった姉さんが狙われたんだよ」

「そう、みんなを巻き込んだのよ」

あさ子は確信をもっていう。「ふつうの詐欺師は自分と相手との、せいぜい数人の間の出来事でしょうに。安住生命の社員を名乗ることから、すべての計画は始まっていたのよね。身分や学歴を詐称することも……」

「それに、問題は真紀だよ」

白井がいった。「やつが安住生命の社員を騙《かた》りつづけられたのは、彼女のおかげだったよ。彼女がやつをサポートしていた。それで俺たちも騙されたんだ」

「でしょう。私もそう思うのよ」

意を得たりとばかりに、あさ子はいった。「真紀ちゃんは自分も知らなかったようなことをいうけれど、そうじゃない。警察でも、彼女は共犯だって、いったんだけれど」

「真紀のやつ、よくもシャーシャーと嘘八百につき合いよって。あいつこそ食わせ者だよ、詐欺師のワンセット、いいコンビだったんだ」

生ビールのジョッキを握り締めて、白井が言い切った。

「ワンセットとは言い得て妙だけれど、そのセットが塀の中と外のふた手に分かれたところに何かありそうじゃない」

と、阿曽が受けた。「自首する前の日のことを思い出してみるんだけど、あの二人は次の日にとる行動がわかっていたと思う。すでに十分に話し合って、どうするかを決めていたのよ」

それには、あさ子も同意する。皆の意見が合ったことで、その事実は裏付けられたように思えた。

「やつが警察へ逃げ込んだあとは、真紀が後処理をする。携帯電話を真っ先に解約したことがすべてを語っているよ。何もかも予定の行動だった。とすれば、金をどこへ隠したかだよ」

「白井さんもそう思う?」

あさ子は同じ疑問に興奮をおぼえた。

「だって、姉さんから二千八百万円をもっていったのは、この二年間ですよ。そのうち、五百万円くらいを利息の名目で返したとしても、二千万以上の金をやつが使い切るわけがない。ましてや、真紀が水商売で稼いだ金で生活していたんだから、そのままそっくり残っているはずだよ」

それから、延々とギャンブルの話になった。

藤代がやっていたのは、彼らと同じ、パチンコと競艇だったが、その賭け方は呆れるくらいに堅実だったという。パチンコは一万円の負けを限度とし、それ以上は絶対にやらなかった。専用の通帳をつくり、金の出入りをきちんと管理して、収支はトントンくらいだったはずで、少なくとも負けてはいなかった。競艇に至っては、さらに堅実な賭け方で、およそ本命を中心にして、常に勝つことを優先させた。これも収支はトントンか、少し勝っているかもしれない。いずれにしても、ギャンブルで金を使い込むなどということは考えられない、と皆が口を揃えるのだった。

「そもそも、パチンコは真紀がやっていたんだよな」

加瀬がいった。「やつはそれに引っ張られる形でつき合ってただけなんだ」

「そう。真紀はポケットに十万円を突っ込んで行くんだよって、藤代さんはいってた」

あさ子は思い出した。「あいつはなかなか度胸がある、って。真紀ちゃん自身からも、聞いたことがあるわ。こないだは八万円負けたと母親に報告したら、パチンコで負けたものはパチンコで取り返せっていわれて、今日、取り返してきたとか。何てことをいう母親だろうって、驚いたものだけれど」

「藤代は一万円負けたらやめるんだから、確かに度胸が違ってるわ」

加瀬が嘲笑《わら》いをこめていう。

藤代がその他のギャンブルに手を出すということがあったのかどうか。濃いつき合いをしてきた彼らは、それも断じてない、と言い切った。人さまから騙し取ったような金はおよそロクでもないことに消えていくものだが、やつの場合は悪銭を身につけていた、と。いわれてみれば、そこがまた詐欺にしては珍しく自首をして出た藤代らしいところなのだろう、とあさ子は思った。

「あんなケチなやつが、スッカラカンになって警察へ自首するなんてことはあり得ない。これは断言してもいいよ」

白井がいうと、加瀬も首を縦に振る。

「いくら勝っても奢《おご》らないやつだったな。ふつう、勝ったら、今日は俺がご馳走するよとか、いうもんだろう」

苦々しげにいうのを受けて、阿曽が同意する。

「ご馳走するどころか、人に自分の飲み代まで払わせようとするやつだったよ」

加瀬がつづけた。「ほら、角川満夫《かどかわみつお》のボクシングの試合のときも、一万円の観戦費用を集める役を買って出たことがあるだろう。あのとき、急用ができて行けなくなった俺の友達の分まで、俺に出させたんだからな。なんで俺が払わなきゃならないんだって、よほどいってやろうかと思った。そう、真紀がここでの打ち上げのときに集めたんだよ」

角川は全日本の上位ランキングに入ったこともあるフェザー級のボクサーで、やはり馴染み客だった。試合後の打ち上げで、勝ったときは祝勝会を、負けたときは残念会を催すのが常だったが、いつも会を仕切ろうとしたのが藤代だった。千野たちのコンサート打ち上げ会で一人三千円をピンハネしたのと同様のことが、事あるごとに起こっていたのだろう。

真紀がよくタイへ行っていたことが話題になった。

野上弁護士らと訪ねたときは、年に一度か二度の自分へのご褒美だといっていたが、それは嘘で、年に何度か出かけている。藤代が一緒に行ったことはなく、いつも真紀がひとりで出かけることに、皆は疑問を抱いたという。

「いくらタイが好きだっていっても、あれは異常だよ」

白井がいった。「一体、何をしに行っていたのかが問題だな」

「おれもそう思う」

と、加瀬が同意する。「ママや姉さんから金を引き出すたびに、真紀がタイへ運んでいたんじゃないのかな」

その話は前にも佐伯から出たことを、あさ子は話した。

「ああ、何ということかしらねぇ。人間ってものがわからなくなったわ」

阿曽が絶望的な声音で言い放った。

その気持ちがあさ子にはよくわかる。被害額が大きいこともそうだが、信じていた人間の裏切りがショックなのだ。お金は確かに惜しいけれど、それ以上に精神的な打撃のほうが大きい。

「私はね」

と、あさ子はいった。「これから先、人をみる目が違ってきてしまうというか、常に疑いの目でみなければならなくなるような気がして、そのことがとても悲しいの。これまでの自分が甘すぎたのかもしれないけれど、こんな体験は、しなくてすむならしないでおきたいものだわね」

「もう悔しい。ほんとに、悔しい！」

阿曽は口の中のものを吹き飛ばして絶叫し、頭を震わせながらテーブルを掌で打ちすえた。酔いも手伝って目が血走り、ゆがんだ唇からはビールの泡が垂れ、また眼鏡がずり落ちそうになった。

「姉さんの気持ちはわかるけど、ここは冷静になるしかないよ。何とか失った金を取り戻す方法を考えなきゃ。金はきっとどこかにあるんだから」

加瀬が慰めるようにいった。

今後は真紀から目が離せない、というのが皆の一致した意見だった。娑婆《シャバ》にいる彼女がどういう行動をとるのか。

一応、知り合いの弁護士に相談するつもりだと、阿曽はいった。どんな闘い方があるのかはわからないけれど、このままでは気持ちがおさまらない。夫との老後の資金を取られてしまって、お先まっ暗だと嘆く。その声音には、悔しいというより怨念のようなものすら込められていた。

九

翌日、阿曽艶子は傷心のまま九州へ帰っていった。

東京と熊本はそれでなくても遠いのに、檻の中の藤代との距離を思うと気が遠くなるほどだと、羽田を発つ前にあさ子に電話で告げた。現に、かつての仲間からも離れてしまったから、その心もとなさはよくわかる。店の客たちに囲まれているあさ子のほうがまだ心強く、情報も入ってくるはずだった。

同じ日の昼近く、N署の篠山刑事から電話があった。実は、検察から再捜査を命じられて例の百万円の件を調べた結果、わかったことがあるので今一度足を運んでほしいというのだった。

またもうんざりした。が、こういう面倒にも馴れていかねばならないという自覚が生まれてもいた。これからまだ裁判もあるのだろうし、いちいち嘆いていたのでは身がもたない。

話というのは、検察で問題にされた百万円の振り込み目的について、それが金融会社に預けるためのものだったか、電化製品をつけて返す条件で融資したものか、秋葉原の家電店の経理記録を調べた結果、時期的にみて、シャープの液晶テレビ（約十万円）をもって利息に替えたことがわかったという。これまで思い出せない、わからないと答えてよかったという刑事に、あさ子は肩をすくめた。

その他の融資金についても記録から判明した。ビデオカメラ（約七万円）、ノートパソコン（約十二万円）、パソコン用プリンター（約二万円）、デジタルカメラ（約四万円）など、先の液晶テレビと合わせて計五回にわたっており、すべて同じ店で購入されている。総額で三百六十万円と推定よりはるかに多かった。つまり、三十万円から百万円を預けて、それぞれ一～三ヶ月の期間に応じて元金に利息代わりの製品をつけて返していたから、その部分では確かにトクをしたことになる。

「何のためにそういうことをしたのかというと、あなたから引き出したお金について疑われないようにするためだったというんです」

一件が片付いて、篠山刑事は上機嫌だった。

「わざわざ、そういう気づかいまでしていたんですね」

「そう。自分はこんなに正直なんだと、その部分ではきっちりと示しておく。ずいぶんと心配性の男というか、手が込んでますな」

「気が小さいんでしょうね。小まめというか、小粒というか。そんなことをしても、いつか破綻《はたん》がくることはわかっていたでしょうに」

「元金返済を要求されないかぎり大丈夫だと思っていたんでしょうね。破綻が来るとしても、できるだけ先へ引き伸ばしたかった。あなたのご機嫌をとりながら」

大きな騙《だま》しを実行しつつ、一方で正直者を装うという、これまた変わったやり口だと、刑事はいった。

金融会社に預ける名目の七百五十万円についても、毎月の利息は預ける額がふえるごとにふやしていた。最終的には七万一千円を隔月でもってきて、それが元金返済を要求してからもつづいた。最後は四月二十日で、そういえば店で手渡されたとき、「返済は今月末だったわね」と、念を押した憶えがある。月五千円からはじまった利息は、四年余りで計百五十万から二百万円程度になるから、その意味では、最後まで利息を払って機嫌をとっていたことになる。

「ところで」

と、篠山刑事がいった。「これからお宅へ伺って、電化製品の写真を撮らせてください。証拠写真が必要なものですから」

ずいぶんと念には念を入れるものだ。

部屋へ刑事が上がり込むのは、二度目のことだった。最初は尾根刑事が、お金を預けたことの証拠となるものを探し出すようにと命じたときで、やっと一枚、銀行の振り込み証がみつかったのだった。

今回はしかし、何の問題もない。ただ、部屋にあるテレビやパソコンなどを撮影するだけの作業だ。低い箪笥の上の液晶テレビは薄型で、藤代がそれを持ってきたとき、それまであった図体の大きなのを処分して入れ替えたのだ。

篠山刑事は、それを下のテーブルに降ろし、全体像から小さな型番号が記されている部分まで、何度かシャッターを押した。ノートパソコンやデジタルカメラも同じように撮影された。別にほしくもない製品だったが、それを機にパソコンを習ってメールくらいは打てるようになっていたし、デジカメにしても旅に出るときは役に立っている。そのことがささやかな慰めといえなくもない。身ぐるみ剥いだ後は気の毒になって、衣服の何枚かはお返ししたというわけだったか。

撮影を終えた刑事に、あさ子はお茶を出した。

「九州では阿曽さんのお宅に一泊されたそうですね」

「そうそう。お聞きになりましたか」

篠山は照れるような笑い顔をみせた。「おかげで助かりました。晩ご飯まで御馳走になりましてね。ついでに泊まっていけといわれたもので」

「そういう話を聞くと、刑事さんも被害者の味方だという気がしてきますね」

「そりゃそうでしょう。松原さんも人がわるいな」

「でも、被害者というのはずいぶんとひどい目に遭うものだと思います。泥棒に追い銭といいますけど、本当ですね」

あさ子は皮肉の一つもいいたくなった。「阿曽さんも東京へ出てこられて、つくづく割に合わないと仰しゃってました。彼女はこれからどうするんでしょうね」

「さあ、どうでしょう。再婚して、これから再出発というときに、信用していた人間から裏切られた痛手は相当なものでしてね。ご主人のお金までつぎ込んだそうですから」

夫婦ともに藤代を信じていたからだろう。自首する前の日まで共に酒を飲んでいたという話は、篠山刑事も承知していた。

「老後の資金をもっていかれて、ただ悔しいばかりだと、極刑に処してほしいといってましたね。いまもその気持ちに変わりはないようだから、和解などができるかどうか……」

「民事訴訟は起こすんでしょうか」

「それもわからないです。裁判をやって、いい判決をもらっても、実際にお金を取り戻せるかどうかは別問題ですから」

あさ子はふと引っかかりをおぼえた。

「以前、刑事さんは、取れるか取れないかは弁護士の腕次第だと仰しゃいましたけれど、それは違うんですか?」

「いや。和解ができるかどうかの話で、そういうことをいったと思うんですが」

「というと、相手にお金があるということでしょう?」

口調に力をこめた。ここが大事な点だ。

「なければ和解はできないですね」

「あるんですか?」

「いや、それはわからない。本人は別にして、母親がどうするか、また真紀さんがどうするかという部分もあるでしょうから」

「本人の預金通帳には本当に何もなかったんですか」

「ありませんでした」

「それがおかしいんです」

あさ子は食い下がった。「私や阿曽さんが振り込んだお金がすべてきれいに消えているなんて、どうみてもおかしいですよ。ギャンブルにしても、専用の通帳までつくって、大損することはなかったそうだし……」

「しかし、ないものはないんです。ない以上、私らにはどうしようもない」

「刑事さんもどこかにあると思っておられるんじゃないですか?」

「いや、それは何ともいえない」

篠山刑事の首を振るようすが不自然だ。

「じゃ、どうして弁護士を雇って民事を起こすようにすすめられたんでしょう。いい条件でなら和解してもかまわないといわれたのはなぜですか？」

「僕はただ、一般的なことをいったまでですよ」

胸に何かが閊《つか》えたままだ。篠山刑事は何かを隠しているのではないかという気がしてならなかったが、捜査上の都合も立場もあるのかもしれない。やむを得ないとあきらめて、あさ子は話題を元へ戻した。

「阿曽さんは和解に応じるつもりがあるんでしょうか」

「むろん、相手の出方しだいでは」

「額の問題ですね」

「もちろんです。彼女のほうは被害額が大きいので、なかなか大変でしょう」

「わかります」

それは納得できた。あさ子よりははるかに大きい損失は、そう簡単に弁済できるものではない。和解するといっても、そのうちのいくらを返すことで話をつけようというのか。先方にお金がなければ、また、あっても端金《はしたがね》では、折り合いをつけることはむずかしいだろう。

それを思うと、あさ子は憂鬱だった。これは自分ひとりの問題ではない。阿曽がどう出るかで、先行きが左右される。そのことがもう一つの壁として立ちはだかりそうな気がした。

十

六月に入って間もなく、野上弁護士が店へやって来た。

前もって電話があり、用件は民事訴訟の件だとわかっていた。それが裁判所に受理されたので、報告に上がりたいというのだった。

午後六時の予定だったが、仕事の都合で七時過ぎになってから暖簾が揺れた。カウンターには二人の客がいたが、とうに事件のことがわかっている金村と、事件を知らされて駆けつけた上田《うえだ》泰三《たいぞう》であったから、やりとりを聞かれても差し支えがない。

カウンターの中ほどに腰かけた野上へ、あさ子はおしぼりを差し出しながらご足労に感謝した。生ビールとお通しを出すまでの間、金村もまた弁護士に、ご苦労さまです、と口にする。

「実は、今日ですね」

と、野上弁護士は切り出した。「先方の石川弁護士から電話がありまして、百万円を支払うから和解しないかというんです」

「百万円……」

あさ子は口ごもるように返した。

「はい。それくらいなら出せると、藤代の母親のほうから話があったそうなんです」

「それで弁護士さんは？」

「もちろん、そんな話はすぐには受けません」

苦笑する野上に、あさ子はいった。

「こちらを馬鹿にしてますね。そんな程度で許してもらおうなんて本気で考えているんでしょうか」

先方の弁護士、石川昌博《いしかわまさひろ》は小笠原真紀の友人の知り合いらしい。弁護士を雇えるくらいのお金はちゃんと持っているということだろう。

「こちらにとってよかったのは、すでに民事が受理された後だったことです。こちらが早々にそういう手続きを取っているとは思いもよらなかったようですよ」

「民事訴訟まで起こそうとしているとは思わないでしょうね。私を舐めてかかってますから。そんなことができるはずがないと……」

「でしょうね。だから、じっくりいきましょう」

野上弁護士は、落ちついた口調でいった。

先方には民事訴訟が受理されたことだし、刑事事件とのからみもあるので、と含みをもたせて答えておいたという。

「それにしても、母親から百万円を出してもらってお茶を濁そうとするなんて、一体どういう魂胆なんでしょう」

　わからない、とあさ子は首を振った。

「こちらの出方をみているようなところがありますね。まず、ジャブを送ってきたといったところでしょうか」

「そもそも母親という人が私には気にくわないですね。一度電話で話したことがあるんです。警察から藤代さんが自首したという電話があって、警察へ行く前に真紀ちゃんのところへ立ち寄ったときに。そのとき、『息子はもう一人前の大人ですから私とは関係がありません』といったんですよ」

　冷淡に突き放す口調まで、あさ子は憶えていた。

「そうはいっても母親ですからね」

　弁護士がいう。「見捨てるわけにはいかないだろうし……」

「であれば、私に対して頭の一つも下げにくるのが先じゃないでしょうか。その程度のお金で許してもらおうなんて考える前に」

　野上がうなずく。

「それには真紀の考えが入っているんでしょう」

　黙って聞いていた上田が口をはさんだ。「藤代さんのお母さんと相談しながらやってるんじゃないのかな」

「そうかもしれない」

「和解話に真紀が加わらないわけがないでしょう。むしろ率先してやってるはずですよ」

「そうよね」

「内縁だっていっても長いこと夫婦気取りでいたんだから。つい最近まで、藤代は早稲田のボクシング部だから頼りになるとか、英語はロンドン仕込みでペラペラだとか、他所《よそ》でも自慢していたんですよ」

「やっぱりね」

「ただ、本当にボクシングをやっていた松坂君にいわせると、一度、戯れに素手でやり合ったときに、この人はやったことがないなと思ったらしいけど」

〈いちりん〉とは別の酒場で藤代と知り合った上田は、いわば飲み友達としてつき合ってきたという。司法書士の事務所に勤め、ときにギャンブルもやって白井や加瀬の仲間であったが、インテリっぽい顔立ちをした、根は真面目そうな四十男である。

「和解話に真紀が関わっているのは当然だね」

金村がいった。「百万円というのも彼女がもちかけたんだよ。その金がどこから出るのかが問題だけど」

藤代の偽りの姿を積極的にカバーしていたことが確かである以上、小笠原真紀は少なくとも藤代の詐欺行為を背後から支えていたことになる。共犯ではないかという、あさ子の疑いがさらに濃くなった。

「ぼくはまだ信じられないんです。藤代さんがそういうことをしていたとは、思ってもみなかったですから」

上田が何度も頭を振った。

実のところ、白井からこの話を聞いたとき、自分の中では、まだ藤代を信じていたかったという。というのは、藤代はきっと、預かったお金をしっかりと運用しようとして、結果、失敗したがために、責任を感じて自首をしたのではないかという、そんな想像しかできなかった。もしそうなら、もちろん藤代を許すつもりだったし、刑も軽くてすむはずだと思っていた。ところが、いまの話を聞いてショックを受けたと、上田は沈鬱な表情でいった。〈いちりん〉へはめったに顔をみせたことのない人だが、あさ子は好感をもった。

藤代について、上田が記憶を辿った。

「実は、ぼくの後輩に近藤という男がいましてね。彼は明和生命に勤めているんですが、あるとき、酒の席で藤代さんと一緒になったことがあるんです。そのとき、藤代さんがしきりに近藤を引き抜こうとするんですよ。君は大学の体育系で根性がありそうだし、ぜひほしい人材だから、明和をやめてうちへ来ないかというんです。ぼくの推薦があれば一発で入れるし、出世も間違いないとか、いやに熱心に誘いかけるんですよ」

「そうなのよ」

あさ子もまた同種の記憶を呼び覚ました。「うちでアルバイトをしていた東大生がいるんだけど、その子にも熱心に誘いかけるのよ。理工系の子だったたんだけど、これからは保険会社もコンピュータの時代だから、君のような人材は貴重になる。社長にも推薦しておくから、ぜひうちへ来ないかって」

「来ないことを見越していっているんでしょうね」

野上弁護士がいう。「さっきの明和生命の社員にしろ、来るはずがないことがわかっていていうんですよ」

「そうまでしてねぇ」

あさ子は改めて呆れた。なりすますのも楽じゃない。暴かれることを恐れる余りか、懸命にそれらしく振る舞っていた藤代が哀れにも思えてきた。

「いつだったか、私がインドにいる友恵のところへ電話をかけて、メイドさんが出たのよ。何をいっているのか、英語だからわからないの。そのとき、藤代さんがカウンターにいたんだけれど、英語が喋れるはずなのに知らんぷりして助けてくれなかったわ。そういうことがいくらでもあるのに、見抜けなかったのよねぇ」

「みんな善意に解釈していたからね」

金村がいう。「こういう場所では楽しく飲んでりゃいいわけで、疑ってかかる必要もないしさ」

本当にそうだと、あさ子は思う。客同士、お互いに深いところまで知ろうとはしない。利害関係がないから、その必要もない。適当に世間話を楽しんで帰っていく。その場を過ごせば、また次の場面がはじまって、日々が流れていく。少々の喜怒哀楽以外、何ごともなく過ぎていく酒場の日々に、まさか藤代だけが別の魂胆をもつ人間だとは気づけるはずもなかったのだ。

「そういえば、お金の話は他のお客さんがいないときに持ちかけてきたわね」

あさ子は思い出す。「あんまり早い時間にやって来るので、藤代さん、会社はどうしたのって聞いたことがあるの。そしたら、今日は早く上がったんだとかいって、自分で生ビールを注いだりして。ママは準備に忙しいからとかいいながら」

「で、ママもお金を預けていることは他の客に黙っていたんだ」

金村が皮肉っぽくいう。

「別に、いう必要もなかったもの」

あさ子は正直にいった。「とくに隠しておこうと思ったわけじゃないけれど」

ただ、自分にもしものことがあると困るから、最初は財布にメモを入れておいた。〝藤代さんに金融会社の運用金七百五十万円と塩田製薬株二百五十万円分を預けてあります。母〟それだけを紙片に書いて入れておいた。娘たちが遺品を改めるときに目にとまるだろうという考えからだったが、友恵の心配はいまもつづいている。

やがて帰国して一カ月ほど滞在するというから、その間、一件のことを知られずにすむわけがない。だからいったじゃないのと、母親を咎めるにちがいなく、どうすればいいものか。

「ところで、民事の期日ですが、今月の二十三日に決まりました」

野上弁護士が手帳をみていった。「午前十時、東京地方裁判所の五〇七号法廷です」

形式的な書類のやりとりだけで、当事者が来てもよくわからないだろうから、傍聴には来ても来なくてもいいという。傍聴するなら、やがて期日が決まるはずの刑事のほうへ出向いたほうがいいというので、あさ子はそれに従うことにした。

「ただ、和解の件は、これから話が進むと思うので、何か動きがありましたらお知らせします」

事務的なことはそれで一段落がついて、あとは藤代についての話になった。

間もなく、野上弁護士と店で落ち合うことにしていた佐伯光一もやって来て、カウンターにとまった。

話に花が咲くとはこのことをいうのだろうが、きれいな花ではない。〈いちりん〉とは、人生でもうひと花咲かせたいとの希望からつけた名前だったが、「咲くどころか落ちてしまったわね」と、笑いながらあさ子はいった。もはや、一方で笑い飛ばすしか、この愚かしい事態に対するすべはないという気がした。

佐伯がいう。

「藤代にかぎらず、多かれ少なかれ、人は自分をよくみせようという気持ちがあるもんだよ。それが藤代の場合は極端で、病的だったということだろうね。犯罪心理学でいえば、精神病ではなく、精神病質というらしい。詐欺や泥棒には精神病質が多く、殺人などでは精神病が多いという統計もあるらしい」

「私が呆れるのは」

と、あさ子が受けた。「ほら、アメリカのコロンビア大学を出たとかいって学歴を詐称していた人がいたじゃない。藤代さんはあのとき、ものすごく笑ったの。あんなやつは馬鹿だとか、学歴なんかどうだっていいのにとか。自分は早稲田の出だとかいいながら……」

「それと、マドラーの話があるね」

金村がいう。「あれは、どこへやった?」

あさ子は食器棚を開けてそれを取り出した。一度お客で来た男が、その後間もなく、金色のマドラーをもって再訪し、これで掻《か》き混ぜると水割りがうまくなる、とセールスをかけてきた。十五センチほどの角形の細棒で、先が小さな球状になったものだ。

「そう。これを五千円で買った私を藤代さんは笑ったの。そんなものインチキだって。ママは騙されやすい、ただの金メッキにすぎないものに五千円も出してとか、ほんとにママは人がいいんだから、とかいって」

「その話は知らないけど、おもしろいなぁ」

と、佐伯がマドラーを手にしていう。「ほんとだ、こりゃ金メッキだよ。メッキがはがれかけてる。藤代がこれをメッキだと見抜いたのはさすがというべきか、同類の匂いをかいだんだろうね」

「あ、そうそう。田村さんがね」

と、あさ子はつづけた。「あるとき、どういう話の流れだったのかは憶えてないけれど、藤代さんに、『お前は詐欺師だ』っていったことがあるのよ。そのときの藤代さん、血相を変えて立ち上がって、田村さんの胸ぐらをつかんで、『きさま表へ出ろ』って叫んだのよ。私はもうびっくりしてしまって、どうなることかと思った。だって、藤代さんがあんな怒り方をしたのははじめてなんだもの。その場は田村さんが謝って、どうにか事なきを得たんだけれど」

「詐欺師に詐欺師っていっちゃったんだ」

佐伯が受けた。「こんど怪しいやつがいたら、そういってみよう」

「お酒に酔って、言い争ったり騒いだりすることもないし、いつも醒めていた藤代さんがあのときばかりは怒り狂ったのよね」

いちばん痛いところをグサリと刺されたようなものだったろう。が、そのときは、まさか図星ゆえの狂気だとは思わなかった。

あさ子はつづけた。

「あまりお酒も飲まないし、いつも料金は二千円以内に収まっていたし、冷静そのものだったわね」

「それは以前にも」

野上弁護士がうなずく。

「まだ次があるんです。カードは一回、三万円ちょっとで切ってましたね。それを十七、八回に分けてくれって。すると、一回の料金は二千円以内でしょ」

「ちょっと、ちょっと待った！」

佐伯が手をかざして制した。「すると、お金をカードで前払いして、それを細かく分けて飲んでいたってこと？」

「そうよ。うちの経理は三万円とかだと疑うから端数を出したほうがいいんだといって、領収証は三万一千四百円とかでお願いするとかいってたんだもの」

「それを十何回かに分けて？」

「そうです」

ゲッ、と佐伯は喉に通しかけたものを戻した。皆が驚きの声を上げた。口々に、そんなケチくさい飲《や》り方にママはよくつき合っていた、と咎めるようにいう。

いわれてみれば、その通りだった。来るたびに料金をつけておき、合計が三万円くらいになると、そろそろ次のカードを切らないと残りが少なくなっているわよ、と告げた。それも、実は真紀のカードだったとは知らなかった。

「いまから思えば、酔えなかったのよね。自分の嘘に酔うことはあっても、酒に酔うわけにはいかなかったんだと思う」

「酒に酔えば、嘘には酔えない」

金村がいった。それを受けて、野上がいう。

「犯罪心理学では、詐欺師は現実を離れて幻想の世界に生きるといわれているんです。やっぱり、ふつうじゃない精神世界ですね」

だが、藤代の場合、幻想の世界にどっぷりとつかっていたというわけでもない。偽りの姿、詐称した自分が本当の自分のように錯覚してしまい、完璧に相手を騙しとげる詐欺師もいるものだが、それとも違う。妙に学歴にこだわり、身分の暴露を恐れ、屈折した顔を随所にみせていた。藤代という詐欺師はひとりきりしかいない、他の誰とも違う、という思いをあさ子は抱いた。

夜が更けた。

新しい客と入れ替わりに、野上弁護士が腰を浮かした。明日は広島へ出張なのでお先に、という。佐伯が見送りに出、あさ子がつづいた。

弁護士に頭を下げて、後姿へもう一度感謝の言葉をかけたあさ子は、振り返りざま、あらッ、と声を上げげた。店先に、小笠原真紀が立っていたのだ。

手にもっている紙袋をみて、すぐにそれが絵だと知れた。

「しばらくね」

と、あさ子はいった。

「明日、引っ越すもので」

「あら、そう。どこへ？」

「浅草です」

「浅草のどこへ？」

「友達のところです、しばらくお世話になることになって」

真紀は絵を紙袋ごと手渡した。

「ありがとう。見つかったのね」

「はい。部屋を片付けてると、ありました」

やはり玄関に飾っておけずにしまい込んでいたのだ。

ちょっと店へ寄っていかないかと、あさ子は誘った。が、真紀は首を振って、まだ片付けが終わっていないので、という。むろん無理にとはいえないが、かつてあれほど馴染みであったことが嘘のようなよそよそしさだ。そのことが彼女の心の内のやましさを証《あか》している気がしてならなかった。

「これから、仕事はどうするの？」

と、佐伯が聞く。

「まだ決めてません」

「警察へ面会には行ってるの？」

「はい。ほとんど毎日」

「どういう話をしているのかな」

「相手からはあんまり話さないので、私から、あれこれと」

「和解についての話もしているんでしょう」

あさ子は聞いた。

「いいえ、それはまだ」

「お母さんのほうから弁護士さんへ、金額の提示があったということだけれど?」

「それは聞いてません」

「でも、弁護士はあなたが雇った人でしょう」

「そうですけど、その話は聞いてません」

嘘だとあさ子は思ったが、黙っていた。この子には何を聞いても、本当のことは話さない、という確信があった。

引っ越し先の住所を聞くと、浅草というだけで番地はまだ知らないという。ただ、携帯電話はいつでも通じるようにしておく、と言い訳のように真紀はいった。

「どこへ行っても連絡だけは取れるようにしておいて」

あさ子は念を押した。はい、わかりましたという、しおらしげな答え自体をもはや信じるわけにはいかない。そのうち姿を消してしまうこともあり得るだろう。

もっとも、真紀が逃げなければならない理由はあるのかどうか。藤代とは内縁にすぎず、法的には何の責任も負う必要がない。彼らにとって都合がいいのはその点にある。これまでも、そしてこれからも、そうに違いないことを、あさ子は改めて記憶にとどめた。

十一

暑い日がつづいていた。

梅雨に入るまでまだ間があるのに例年にない暑さで、この先、夏本番は記録的な酷暑になるとの長期予報が出ていた。空の異常気象だけでなく、地上の人間界も乱世の様相を呈しているというほかかない。新聞の社会面などマスコミが取り上げる犯罪はほんの氷山の一角にすぎないことを、あさ子はいまほど実感したことはなかった。ネタにもならない市井《しせい》の事件は山ほどある、その一つに巻き込まれ、渦中にいるのだという思いが、かつては淡々と過ぎていた日常を重く覆っていた。

その日、オレオレ詐欺、というのが流行《はや》っているとの記事が朝刊に出た。おれおれ、と息子や孫を装って電話をかけ、交通事故を起こして示談金が必要だ、などと告げてお金を振り込ませるのだが、近ごろは手口が巧妙になって、何人かで協力してそれとらしく装うやり方になっているという。警察官役、加害者役と、それぞれに役割があり、電話という姿をみせないですむ利器をつかって用意したシナリオを演じる。その被害総額は何億にも達するというから、いかに多くの人がその手口に騙されてお金を振り込んでしまったか。あさ子にはとても他人事とは思えなかった。

ただ、こちらは姿かたちが見えていた。生の声を目の前で聞いていた。それでもやられてしまったのだから、ずいぶんと鈍感な、思慮に欠ける被害者といわれてもしかたがないか。いや、見えていたからこそ、その偽装にまんまと騙されてしまったともいえる。自分が馬鹿だった、世間知らずだったと諦めようとする、が、次にはまた相手に腹が立って許せない気持ちになってくる。その揺れ動く心情はいささかタチがわるい。煮え切らない、半生《はんなま》のまま臓腑がたゆたっているような心地であった。

新聞をたたむと、電話が鳴った。立つと、目が眩んだ。膝も痛い。よく眠れていないせいだろう。N署の篠山刑事だった。明るい声音で、その後のご機嫌を伺う。

「もちろん、よくないです」

と、あさ子は答えた。

――お気持ちはわかります。でも、へこたれないでくださいよ。本日、やっと公判請求ができましたので。

「公判請求といいますと」

――藤代を裁判にかけるための手続きが完了したんです。

「よかったというべきなんでしょうね」

――まあ、何とか検察が起訴にこぎつけてくれてホッとしました。

やっと〝証拠〟が固まったことで、そういう結論が出たのだという。これまでの足労を感謝する言葉を口にして、篠山はつづけた。

——ところで、和解の話はどうなりましたか？

「二百万円でどうかといってきました」

あさ子はつい昨日の情報を伝えた。「最初は百万でしたが、それではあんまりだというので倍になったそうです」

——で、それを受けるんですか？

「わかりません。もう一人、阿曽さんもいらっしゃるし……。彼女のほうへも同額の二百万円でどうかという話だそうです」

——それを彼女が受けるかどうかですね。

「和解すると、裁判はどうなるんですか」

——あなたと阿曽さん、二人ともに和解できれば、執行猶予の判決だって期待できるでしょうね。

「執行猶予といいますと？」

——三年とか五年の間、刑の執行が猶予されて、その期間を何ごともなく過ごせば、そのまま娑婆にいられるんです。その間に再び罪を犯したりすると、猶予が取り消されて今度は刑務所ゆきですが。

「それもシャクな気がしますけど」

あさ子には、罪を償わせたい気持ちと早くお金を返してほしい気持ちの両方がある。お金が返ってくるほうを優先させれば、和解で執行猶予がついて早く社会復帰をしてもらったほうがいい。刑務所へ行ってもらっても、こちらは何の得にもならないからだ。

かといって、和解して放免された藤代がその後は姿をくらまして、残りのお金を返さないでしまうなら、これまた腹立たしい。和解金が百万でも二百万でも、非常に不足という意味で大差はなかった。

――むずかしいところですね。

篠山刑事が笑いを含めていう。今後、何かあればいつでも相談に乗りますから。

そういわれても、あさ子は素直にうなずけなかった。騙し取られたお金が消えていった先について、刑事は本当のことを話していないという気がしてならない。あんまり期待してませんから、と返したくなるのを抑えて、今後ともよろしく、とあさ子はいった。

受話器をいったん戻してから、野上弁護士の事務所へかけた。和解についての新しい情報は、昨夜（といっても午前二時過ぎだったが）、仕事から帰ってみるとファックスで届いていて、受け取ったことを告げるための電話だった。

相手が二百万円に増額してきたことについて、

――こちらにとって不満であることに変わりはないんですが。

野上はそういって、あさ子の意見を求めた。

「阿曽さんにも二百万円というのはどうなんでしょう。被害額からすれば、アンバランスじゃないですか」

――どういうことなのかはわかりませんが、松原さんのほうが騙していた期間が長いから、という考え方じゃないでしょうか。

「それで阿曽さんは納得するんでしょうか」

――さあ、どうでしょう。まったく取れないよりはいいという考え方をするかどうかでしょうね。

「やっぱり、お金には余裕があるんだと思います。さっき刑事さんと話したんですが、そうやって執行猶予をとれば刑務所へ行かなくてすんで、出てこれるわけでしょう」

――そうです。

「そうなると、相手の目論み通りという気がしますけど」

――かといって、あんまり無下に突っぱねると、今度は相手が開き直ってしまう恐れもありますからね。それじゃ和解はしない、刑務所へ行くといわれたら。

「弁護士さんにお任せします」

あさ子は迷うことなくいった。お金か厳罰かのどちらをとるとも言い切れないし、それに、野上弁護士には着手金も払わないでやってもらっている以上、我がままをいうわけにもいかない。

相手からお金を取れなければ、成功報酬の実入りもないことになる。それは気の毒だという気持ちもあった。

ただ、阿曽は納得しないという気がした。被害額があさ子の倍以上であるためだが、厳罰に処してほしいと検察官の前でもいったそうだから、その程度のお金で和解することは心情的に矛盾が生じるはずだ。

――ともかく、阿曽さんの方の様子もみながらやっていきましょうか。今月の下旬には民事の期日もはじまることだし、それとのからみもあるので。

「阿曽さんは、民事はやらないのでしょうか」

――さあ、それはまだ聞いてませんが、どうするんでしょうね。

「阿曽さんの弁護士さんからは連絡がないんですか」

――いまのところ、ありません。石川弁護士からも何も聞いていないし……。

刑事では二件（阿曽ケースと松原ケース）を同時に審理するけれど、民事や和解の話は別々らしい。むろん刑事と民事は関連があって、和解などして決着がつけば、刑事のほうの刑も軽くなるというが、それまでの道筋は平坦ではないようだ。

また折りをみて店へも顔をみせると、野上弁護士はいった。

その日も午後二時過ぎから、店の仕入れに出た。デパート地下の食料品売場で食材を買い、車付きのバッグに詰めて駅構内を山手線へ向かった。

ホームへ上がった、ちょうどそのとき、ひとりの男に、ママ、と突然声をかけられた。振り返ると、みたことのある男だが、すぐには思い出せない。名乗られてやっと、同じ町内にある居酒屋の主人と知れた。前に二度ばかり、店が終わってからお客につき合い、訪ねたことがある、その程度の知り合いだった。

「ママ、聞いたよ。藤代に騙されていたんだって？」

思いがけない言葉だった。

「誰から聞いたんですか」

「風の噂だよ。あの藤代がまさかねぇ」

「誰もそういいます」

そっけなく、あさ子は返した。

「で、被害はどれくらいだったの？」

「ご想像にお任せします」

「大変だねぇ、ママも。もう若くないのに」

そのとき電車がホームに滑り込んだ。幸い、相手の行き先とは逆方向だ。

男と別れて電車に乗ってから、ひどく腹が立ってきた。界隈で噂が立っていることは承知していたが、あんな男にまで知られているとは思わなかった。不愉快なのは、中途半端な解《わか》られ方をすることだ。それは誤解を生むもとだし、あさ子をみる人々の目も違ってくるはずだった。しかるべき人に知られるのはいいが、関係のない人にまで笑われたり興味をもたれたりするのはご免こうむりたい。

ここを乗り切らなければ、店をたたまねばならない。切実に、そう感じた。

その日の口開けは、坂田努だった。製薬会社関連のベンチャー企業で新薬の開発グループにいて、特許なども得たことのある人だ。

しばらく音沙汰がなく、早く来ればいいのにと思っていた人が現れて、あさ子は歓迎した。どこか気の弱そうな、実際そんな一面がある小柄な五十男だ。藤代とは店以外のつき合いを一度だけもったことがあって、そのへんの事情を聞いてみたかったのだ。

お腹《なか》がすいたという坂田に、とりあえずおにぎりと御新香を出した。それを食べ終えて焼酎の水割りにしたところで、あさ子は切り出した。

「ちょっと昔の話になるけれど、このさきにある〈バギー〉という店で藤代さんと飲んで、三万円とられた話、憶えてる?」

「はいはい、そんなことがあったね」

と、坂田は即座に応えた。「あのときはママにも迷惑かけちゃったね。金が足りなくて、借りに戻ってきたんだもんな」

「そう。あのときのこと、もう少し詳しく話してくれない?　だって、〈バギー〉へ坂田さんを引っ張っていったのは藤代さんじゃない」

「そう、そうなんだよ」

坂田が興奮ぎみにつづける。「行こう行こうって、しつこくてさ。まあいいかと思って行ったんだけど、あいつのボトルが五本くらい入っててさ、カウンターにずらっと出して、どれにしますかって聞くんだよ。適当に選んで、三十分くらいかな、水割り三杯くらいお替わりしたかな。女の子が一人カウンターに入っていたけど、別におもしろくもないからさ、俺は帰るといって、いくらかって聞いたんだよ。そしたら三万円だろう、そんな高く取られるとは思ってもいなかったからさ、持ち金がいま二万しかないから、明日返すから貸しといてくれっていったんだよ。そしたら、マスターがさ、駄目だって吐《ぬ》かしやがるんだよ。そうそう、そのとき、そばにいた藤代のやつ、知らん顔してやがるんだよ。自分が引っ張ってきておいてだよ、金が足りないから明日払うといってマスターに駄目だといわれたときにだよ、むりやり誘っておいて知らんぷりしてるやつがいるかね」

「いないわね」

「それでしかたなく、ママに金を借りにきたんだよ。あのときは、腹が立ったけれども事を荒立てるのもおとなげないと思ってさ。やつだってここの仲間だったからさ、争いを起こして不愉快になるのも避けたかったし、俺が黙ったんだよ。もう二度とやつの誘いには乗らないと思ったけどね」

「やっぱり、そうだったの」

あさ子は肩を落とした。「坂田さんもそういう被害にあっていたのね。藤代さんは〈バギー〉からきっとバックマージンをもらっていたのよ」

「そうだと思ったよ、俺も。だから、よほどいってやろうかと思ったんだ。お客を連れてくると幾らかはもらっていたよ、やつは」

あさ子が詐欺にあったことは人づてに聞いたというが、詳しくは知らなかった。改めて経緯を話しはじめたとき、店の戸が開いて、松坂順一が現われた。

ちょうどいいとあさ子は喜んで、説明を松坂にまかせた。やることがたまったキッチンの仕事に手を向けながら、二人の話に耳を傾ける。

「実は、ぼくも〈バギー〉ではちょっとしたことがあったんですよ」

松坂がいった。「あそこで働いていた中国人の女性と一時いい仲になりまして。一緒に暮らしはじめたんですが、部屋代だけぼくが援助することになって、それが七万円だというんです。さいたま市でこの部屋ならそんなにしないと思っていたんですが、実際のところ、五万円だったんです。どうも藤代さんが二万円をピンハネしていたようですね」

「何だと」

坂田が声を張り上げる。「そんなことまでしてたのか、やつは！」

「〈バギー〉で彼女を紹介してくれたのが藤代さんですからね。いってみれば、美人局《つつもたせ》だったんでしょうけど」

「で、その女性とは?」

「別れました。だんだん要求が大きくなりましてね。ボーナスのときなんか、半分くれっていわれて、それは無理だっていったんですが、機嫌をそこねたようなので、まあいいかと思って、そのぶんを分割であげてもいいかって聞くと、それでもいいっていうんですよ。あのときは参りましたよ」

「一部が藤代にいくから高いんだよ」

「いやんなっちゃいますね」

松坂が苦笑して、小さく頭を振った。

一年ほど一緒に暮らしたというが、その程度の被害ですんでよかったと、あさ子はいった。中国人の女性はしたたかだから、そういうこともやってのけたのだろうと、坂田がいう。上海から来た留学生だといっていたが、実態は出稼ぎで、自分はいいカモにされたのだろうと、松坂は振り返った。

打ち上げ会で皆の飲み代をピンハネしていたこともそうだが、お客の和を乱すようなことを藤代は平然とやっていたのだ。清田丸のように、「俺はこの店に飲みに来たんだよ」と誘いを突っぱねた人もいたけれど、何人かは連れ出され、外でいやな目にあっていたのだと思うと、改めて憤りが込み上げてくる。

そうやって日々の稼ぎを得ながら、遊んで暮らしていたとは……。雑魚《ざこ》をかすめとりながら、いつの日かの大魚を狙っていた。甘いエサに愚かにも食いついたのが、自分と阿曽の二人だったのだ。

和解して、判決に執行猶予がついて、出てきたところでお金は返ってくるのかどうか。第一、藤代にどんな仕事があるだろう。十年間も遊んで暮らした男が、まして詐欺の前科までついて、まともな仕事になど就《つ》けるのかどうか。民事で支払い命令が出たところで、絵にかいた餅かもしれないのは、そういう難しい事情があるからだろう。働き口もなく、無職のまま、また同じ詐欺をくり返す可能性もある。となると、藤代が出所すれば、またも被害者が出ることになる。いずれにしてもタチがわるい。

「また一つ思い出したわ」

あさ子は皿洗いの手をとめていった。「早稲田を出て就職するとき、教育学部なので、はじめは吉祥寺の女子高校に就職が内定していたっていうのよ。ところが、お母さんから、お前はそんなところへ就職するときっと女学生と問題を起こすからと反対されて、それで安住生命に行ったんだといっていたわね」

「いやぁ、よくぞそこまで口が回るもんだね」

「そうそう、お前は詐欺師だって田村さんがいったのは、藤代さんがそんな話をしていたときだったわ」

図星に怒りくるった藤代の話に、二人は笑った。

その笑いのなかへ、客が入ってきた。ほんのたまに顔をのぞかせるだけの、不動産業を営む六十過ぎの男である。聞かれたくない相手であることは、坂田、松坂ともに心得ていて、それを機に話題は打ち切りとなった。

十二

六月も下旬に入って間もなく、民事訴訟の第一回期日が開かれた。

あさ子は、野上弁護士にすべて一任して、法廷へは出向かなかった。代わりに、事件に関心のある佐伯が足を運んで傍聴したのだったが、ものの十分ほどで終わってしまうそっけないものだったという。先方の弁護士、石川昌博も全面的に告訴内容を認め、争う点がないためであった。

そして、焦点はやはり「和解」の問題であり、裁判官もむしろそれをすすめる発言をして、「和解期日」なるものを設けた。それも、刑事裁判がはじまる前に話し合うのでなければ意味がないということで、七月十四日がその日に当てられた。

もし和解が成立すれば、刑事裁判のほうに影響を与えて、寛大な執行猶予の判決がもらえるかもしれないという理由からだが、あさ子の気持ちはやはり複雑だった。

少しでもお金が返ってくるほうがいいのか、そんな端金はいらないと突っぱねて、藤代を厳罰の処すほうを選ぶのか。先方の提示額、二百万円以上は無理と思われ、それ以上を要求すると逆に開き直られる恐れがあると野上弁護士から聞いていたから、あとはあさ子の気持ち次第ということになりそうだ。

答えを保留にしたまま迷っていた。そんな額で和解してしまうのは悔しい。といって、藤代を刑務所へ追いやってしまっても何の得にもならない。

心を決めさせたのは、〈いちりん〉の客たちの一致した意見だった。一万円を稼ぐのも大変であることは、我々、真面目に働く者がいちばんよく知っている。たとえ百万でも二百万でも、ないのとあるのとでは大違い。額の多少はおいて、いま取れるだけのものを取っておくことが大事なのではないか。

そんなふうにいわれて、あさ子は迷いが吹っ切れた心地がした。とりあえず、一部を返してもらって、あとは社会復帰してから、少しずつでも返してくれることに期待するほかはない。

野上弁護士へは、そのような文面をしたためてファックスを送った。

ほどなく、承知したとの返事があった。

その数日後、今度は、相手方の石川弁護士と来月の七日に会うことになったとの電話連絡があった。裁判官を交えて行う和解期日の前に、弁護士同士で話し合っておきたいということのようであった。

その日、まだ暖簾をかけないうちに佐伯が現れた。六時前、店は準備中だった。

開口一番、N署で藤代に面会して、その帰りだという。捜査が終わって面会ができるという話は、店の客たちへ告げてあったのだが、佐伯のほかには積極的に出向こうという者はいなかった。

相変わらず暑い一日。喉が乾いたという佐伯に、とりあえずウーロン茶を出して、

「本当に会ってきたのね」

興味を露《あらわ》にして、あさ子はいった。

「誰も行きたがらないから、ぼくが代表して」

「で、どうだった？」

「いやに感情に乏しい顔つきをしていたね。裏側に何が貼りついているかわからない、というか」

「どういうことよ」

「要するに、罪の意識をもった人間の表情ではなかったということだね。少しはうなだれて、申し訳ない気持ちを表すかと思いきや、それもない」

「悪いことしたという意識がないのね」

「ゼロ」

佐伯は言い切った。「何をしに来たんだと探るように、ぼくの目をジッとみたままでね。こっちが観察されてしまったよ」

「へえ。そんなだったの」

あさ子はうなった。再び混乱がはじまっている。

「それで、どういうことを話したの？」

まず、女将《ママ》のような人を騙して、君も罪なことをしたもんだというふうなことだね。もう、一生かかっても一千万円なんて金は稼げない。老後の資金を奪われてしまって途方に暮れている、とね」

「そしたら」

「はい、って」

「それだけ？」

「相手からは何も喋らない。こっちからの一方通行でね。君はまだ若いんだから、将来、働いて返すことを考えていかないといけないよとか、ちょっと説教みたいなこともいったよ」

「そしたら？」

「はい……」

佐伯は相手の真似をして無表情にうなずいてみせた。「何を考えているのか、つかみどころがない、顔自体がヌルッとした感じだったね」

「ヌルッとしたねぇ」

「何も引っかかってこないんだよ。何をいっても反応がない、人間の情、魂というものが感じられないんだね。そう、言葉らしいものは一つだけだった。一体、そんな大金を何に使ったのって尋ねたときだった。『まあ、いろいろと』って、その一言だけだったね」

「いろいろが問題なのよ」

「だから、それも答えになっていない。いろいろと疑問だらけ」

佐伯が笑うので、あさ子もつられて笑いをこぼした。

「要するに、申し訳ないことをしたという気持ちがないのね」

「ない」

「すると、自首した理由というのも嘘だったのね」

「間違いなく。ただ、死ぬ勇気がなかったことと、逃げても先々ホームレスになるだけだという理由はその通りだろうね。罪を悔い改めて出直すためという理由は、残念ながら違っているようだよ」

「じゃ、どういう理由が考えられる？」

「それがわかると、この事件は解決するよ」

「それはそうね」

あさ子は苦笑した。自首して出た理由と、大金がどこへ消えたのか。その二点が事件の最大の謎であることがいよいよはっきりしてきたように思えた。

店先に暖簾をかけて間もなく、白井と上田がやって来た。以前はたまにしか顔をみせなかったのがこのところ頻繁になったのは、むろん一件を話題にするためだ。あさ子にとっても、彼らは貴重な情報源であった。

カウンターにとまるなり、白井が身を乗り出していった。

「女将、大変なことがわかったよ」

「何が？」

「真紀のやつ、ちゃんと今戸のマンションへ引っ越したよ」

「浅草の友達のところじゃなかったの」

「隅田川のリバーサイド、いいマンションらしいよ」

「じゃ、あれは嘘だったのね」

「前よりもいい部屋だって、引っ越しを手伝った桧木さんがいってた」

あさ子はまたも混乱をおぼえた。

桧木《ひのき》友幸《ともゆき》はやはり白井たちのグループの一人で、電気工事を仕事にしている四十過ぎの男だった。とくに真紀と親しく、何かと便利屋で使われて、この度は引っ越しを手伝った上、後で呼ばれて電気関係のトラブルをチェックさせられたという。

「配線とかをみてやっているうち、夕方になって、飯でも食わしてくれるのかと思うと、知らんぷりして化粧をはじめるんだってさ。これから仕事だって、着飾って出ていったそうだよ」

「で、桧木さんは、今回のことについては？」

「真紀も被害者だって思い込んでいたようでね。ところが、俺たちから話を聞いて、誤解していたって。あの真紀の様子は、確かにおかしい。平然として、少しも傷ついたようにはみえない、って」

「だから、お金はあるのよ」

あさ子の確信は、いまや揺るがなかった。

「桧木さんによると、真紀はその部屋で藤代を待つんだといってたらしい」

「待つ……」

記憶とは違っている。「私たちには、待つなんていってないわよ。この先どうなるか、どうすればいいかわからないというふうな話だったけれど」

「二人の写真なんかも飾ってあって、今にも戻ってくるような感じだったらしい」

一体、真紀という女は何者なのか。まるでわからなくなってしまった。言うことと成すことが一致しないのはこれで何度目か。

「ふつう、男がそこまでの詐欺師だったと知れば、私なら迷うことなく別れるわね。それがそうじゃないってことは……」

「藤代の偽装につき合っていたからでしょう」

白井が言い切った。

「そうよね。何もかも二人で協力して、計画的にやったことね」

「だと思うよ」

あさ子は佐伯の意見を求めた。

「真紀自身も被害者を装って、その実、前よりもいいマンションへ引っ越して、そこで藤代を待つといったのが本当だとすれば、共犯の線しか考えられないね。詐欺師を待てる女は、同じ詐欺師だからだよ」

藤代のような男と十年以上も一緒に暮らしてきて、こんな事態になってもなおその男を待つというのは尋常ではない。二人とも詐欺師でなければ考えられないことだという意見に、あさ子は異論がなかった。

「しかし、待つといったって……」

上田がゆっくりと口を開いた。「この先どのくらい待つのか、真紀にはわかっているんだろうか」

「だから、和解を狙っているんでしょうよ」

あさ子がいうと、佐伯がうなずいて受けた。

「彼らが狙っているのは、騙された人間の弱みを利用して、うまく処理すること、つまり、和解することで執行猶予判決をもらい、早々と釈放されることをもくろんだ。そんなところじゃないのかな」

「詐欺犯が自首するというのは、とっても珍しいらしいから」

「そう。その珍しさに着眼する必要があるんだ。ふつう、自首というのは悔い改めた人間がやることなんだろうが、今回の一件はそうじゃない。名目は悔い改めた結果ということにして、実際は自分たちの都合で、計算ずくでやったことだと思うよ」

自首すれば、刑罰も割り引かれる。その上、和解していれば、裁判官も寛大な判決を出さざるを得ない。それを狙っているのだろうと、佐伯はいった。その言葉に、あさ子は説得力を感じた。するとまた、和解するのはシャクだという思いが込み上げた。ないよりマシの端金で我慢するのは相手の思うツボで、かえって悔しさを引きずることになるのではないか。

「ぼくの感じでは」

と、佐伯がいった。「藤代はまさかママが民事裁判を起こすなんて思わなかったと思うよ。だって、一千万円の請求訴訟を起こすのに、ふつうは七十万円ほどの着手金が要るんだから。そんな金を出してまで、やるはずがないと思っていたよ」

「実際、そんなお金はないもの」

あさ子は苦笑した。

「彼はママの経済状態がわかっていたんだし……」

「そう。だから、計算ができたのよ」

自首が計画的なものであったことは、いまでは実感として理解できる。それは、なぜ逃げなかったのかという理由の説明にもなっていた。要するに、逃げるよりも賢い方法を思いついたからだ。

「逃げるなら、二人で逃げなきゃならない。真紀を置いて逃げるわけにはいかなかったということもあるでしょうね」

上田がいった。「そのへんのことで、二人の間に相当なやりとりがあったと思う。相談して決めたことだろうと思うんですよ」

「そうね。きっとそうだと思うわ」

あさ子は口調に勢いをつけた。「二人は配偶者じゃないから、真紀ちゃんは関係がない顔をしていられる。自首したこともその日の朝になってはじめて知ったことにして、彼が私と阿曽さんのお金を使い込んだことも〝書き置き〟でもって知らされたことにしたのよ。そうそう、その書き置き、警察に出したといっておきながら、出してなんかいなかった。それも嘘だったのよ」

最近、いくつかの疑問点を篠山刑事に電話で尋ねたことがあって、そのときに確かめたことだった。あさ子はつづける。「ともかく、彼が自首した後は、彼女が後処理をする。弁護士を雇ったのも彼女だし、和解話も、母親が関わっているにしても彼女が中心になってやっているにちがいないわ。新しいマンションに移って、そこで彼を待つ……。めでたく執行猶予がとれて、また二人は一緒に暮らしていける……そして、今度は浅草を舞台に、同じことをはじめるつもりなのよ」

「状況としては、そんなふうなことがいえるだろうね」

佐伯が受けた。「藤代に反省の色なしというのは、つまりは今みたいなことを物語っていると考えるしかない。ただ、問題は証拠だよ。どうやって狐と狸を料理するか。どこまで嘘を暴いて、追いつめていけるかだね」

当面は、和解話の成り行きをみるしかない。どういう結果になっても、それなりに対処するしかないのだろう。が、狐と狸だけはその正体を暴いてみたい。何とか捕まえて、その化けの皮を剥ぎ取ってやりたいと、あさ子は考えていた。

十三

日中の気温が三十度を超す真夏日がはじまった。まだ七月初旬、梅雨どきとは名ばかりの異常気象である。

その日の午後も猛暑といってよく、いつものように街へ出たあさ子は日傘をさした。それでもたちまち汗が滲み出て、背中に衣服が張りついた。

弁護士同士、和解のための予備的な話し合いがもたれる日だった。いつものデパートで仕入れをすませて店へ戻り、シャッターを開けて間もなく野上弁護士からの電話を受けるまで、そのことに気づかなかった。ここ数日、強いて一件から意識を遠ざけようとしていたせいだろう。

――今日、たった今、先方との話し合いが終わりました。

「それはご苦労さまでした」

そう返すと、弁護士はためらうように間を置いて、

――実は、予想外のことが起こってしまいましてね。

気の重そうな口調でつづけた。和解することはやめにしたいと、突然、先方からいってきたんです。どういうことかと尋ねると、藤代の母親が見放してしまったというんですね。どうも本人が保釈金を出してくれといったらしいんです。それに対して、一体何を考えているのかと怒って、もう息子を助けるつもりはない、罪を償わせるほかはないから、和解の話もなかったことにしてほしいというわけなんです。

「保釈金といいますと？」

——お金を預けることで、いったん自由の身になることです。しかし、藤代の場合、金を積んでも保釈はむずかしいでしょうし、それこそ何を考えているのかという怒りはわかるんですが……。

あさ子はまだ事情が呑み込めない。

「保釈してくれといっただけで、母親はどうしてそんなに怒るんでしょうか」

——まず、お金がかかるわけですから、そんな金がどこにあるのかというのが一つと、反省の色が乏しいことに愛想をつかしたようなんです。

あさ子は面会した佐伯の感想を思い起こした。

「この期におよんで、自由の身になりたいなんて、何という身勝手なんでしょうね」

——先方の石川弁護士も、本人がケロッとしているので困ったもんだといってました。もう少し、すまないことをしたという態度があってもよさそうなものだといって、その点では母親と同じ感想をもったようですね。

「罪を償わせるのはいいとして、こちらの損害に対する償いはどのようにお考えなんでしょうか」

――まったくお金を出さないと決めたわけではないようなんですが、ただ、刑事裁判に有利になるような和解はもうしなくていい、ということのようでしてね。

まだすべてが確定したわけではないので、一週間後、正式な和解期日を待って今後のことを考えたいと、野上弁護士はいった。

あさ子は消化不良を起こしたような気分に陥った。

以前、真紀のマンションで母親と電話で話したとき、息子はもう一人前の大人だから自分とは関係がない、と受話器の向こうで冷たく言い切った。母親もまた言行不一致の性格なのか。口のわりにはずいぶんと関わって、百万だの二百万だのと、つい先日まで息子のためにやってきたはずなのに、この変わりようは何だろう。

和解しない、ということは、お金を出さなくてすむ。そもそも、当初の百万円の提示からして、ふざけた話だった。相手は相当なケチか、実際にお金がないかのどちらかだが、本音はビタ一文出したくないにちがいない。百万ではあんまりだから二百万くらいで、と弁護士にいわれてしぶしぶ承知したものの、気持ちは後ろ向きだったのではないか。保釈金を出してほしいという藤代の要求は、本当に後ろを向いてしまうきっかけを与えたのかもしれない。それを口実にして、つまり、罪を償わせるという都合のいい理由でもって、お金を出さないですむ方向へ、考えを変えたということか。

だとすれば、息子に刑務所ゆきのお灸をすえることと、お金を出さなくてすむことは、表裏の関係にある。この際、生ぬるい判決をもらうのはよくない、息子を更生させるには厳罰を与えるほかはないと考える母親であっても別に不自然ではない。和解しないことは、その意味で一挙両得というわけなのか?……。

だとすれば、母親もまた被害者のことなど何も考えていない。徹底した自分本位、自己中心だから、決めたことがコロコロと変わるのだろうと、あさ子は思った。

一週間などはすぐに経って、その日もやはり猛暑だった。

午後三時からの話し合いなので、あさ子は昼に仕入れをすませて店へ戻り、二時には出かけた。

その一室は裁判所ビルの十三階にあった。中央にテーブルと椅子があるだけの殺風景な部屋だ。東京地裁、民事48部が扱う一件で、出席者は、五十がらみの小柄な倉橋宗一《くらはしそういち》調停員の他に、二人の弁護士とあさ子だけである。

「さて、はじめましょうか」

調停員の倉橋が頬のこけた眼鏡面を迫り出すようにしていった。「この前の第一回期日以降、何らかの話し合いが進展したのでしょうか。今日は被害者の方にもお越しいただいていますが」

「まず、私のほうから」

と、石川弁護士がいった。「これまで加害者の藤代について、本人と面会をしたり、他からも話を聞いてきたのですが、結論から申し上げて、弁解の余地はありません。身分や学歴を詐称してきたことに加えて、驚くばかりの嘘、偽りを並べ立て、被害者のみならず周りの者を欺いてきたことはまったく恥ずかしい、許しがたい行為です。従って、和解をする資格すら認められませんので、裁判官にはどのような判決をもって臨んでいただいてもけっこうです」

いきなりの言葉に、調停員の倉橋は面食らったようだ。

「というと、和解をしないことに?」

「はい。和解など考えるのもおこがましいというのが加害者の母親の意見です」

石川弁護士がきっぱりと言い切った。

「野上弁護士のご意見は」

と、調停員が問う。

「別にございません。石川弁護士がそう仰しゃるなら、そのように」

「松原さんはどうですか」

と、倉橋調停員はあさ子にも尋ねた。

「私は弁護士さんに一任していますので、とくには」

そう答えてから、つけ加えた。「ただ、あまりに一方的な決定だと思います。よくも加害者側の勝手な考えばかりがまかり通るものだという感想をもちますけれど」

これには、石川弁護士が妙な具合に顔をゆがめただけだった。

次回、第二回期日は、九月一日、午前十時。この前と同じ法廷で行われることが双方の都合を突き合わせて取り決められると、

「それでは、これにて」

と、調停員の倉橋は告げた。

あっけなく終わってしまって、あさ子は拍子抜けがした。もっと双方が意見を出し合って、やり合うのかと思っていたのだ。

廊下に出て、その疑問を口にすると、野上弁護士もまた、相手方の弁護士があれほどまでいうとは思わなかったと、いささか驚いたようすだ。ふつうは、本音を隠してでも依頼人を弁護するものだが、こんなケースも珍しいといって首をかしげた。

エレベーターに乗り、一階ロビーへと、あさ子は弁護士と共に降りた。野上はまだこれから一件、裁判があるという。

玄関ホールでの別れ際、ふと思いついていった。

「和解しないというのは、本当に母親の意志なんでしょうか」

「といいますと?」

「真紀ちゃんはどういう考えだったのか、気にかかるものですから」

「なるほど……」

「彼女は配偶者じゃないですから、いつも蚊帳《かや》の外に置かれてますけど、彼女こそ一件の主役ですからね。そのことを忘れるわけにはいかない気がします」

「わかりました。心得ておきます」

野上弁護士が頭を下げるのへ、あさ子は深い礼を返した。

和解するしないの話には真紀が関わっている……。

帰路、地下鉄に乗ってから、そう確信した。弁護士からは母親の考えばかりが強調されたけれど、そうじゃない……。

一体誰が、どういう思惑から、和解はしないと決めたのか。真紀が関わっているにしても、新しいマンションに移り、写真まで飾って藤代を待つといったという話が本当なら、和解しない決定を彼女が下したとみるのは無理があるだろうか。やはり、藤代が保釈を望んだことに対する母親の怒りが原因なのだろうか。

またしてもやっかいな謎が加わったという気がした。

十四

和解交渉が決裂したことで、刑事裁判は藤代芳明にとって何の有利な条件もなく開かれることになった。

七月二十一日、午後一時十分。東京地方裁判所、刑事第五一〇号法廷——。

その日時と場所は、前もって店の客たちに教えてあった。時間が許せば傍聴に来てほしい、と。

警察署へ面会に行ったのは佐伯だけだったから、行きたいという何名かは、裁判そのものより藤代の姿をみてみたいという思いが強いようで、それはあさ子にしても同じことだった。三カ月近くその姿を目にしていないため、存在感が薄れてしまっている。

その日は、午前中に九州の阿曽艶子から電話があった。

しばらく連絡がないので心配していたとあさ子はいい、まず不成立に終わった和解交渉について話した。

「阿曽さんの弁護士さんは、先方の石川弁護士とどういう交渉をなさったのかしら?」

あさ子は尋ねた。

——それなんだけど、まったく頼りない弁護士でさ、二百万円なんて端金で和解なんかできっこないでしょって、突っぱねたまま連絡していないのよ。

「連絡していない……」

——そうなのよ。実はね。

阿曽が気色ばんでいった。義理の妹の会社が借金を抱えて倒産してしまったのよ。別に連帯保証人になっているわけでもないのに、身内ということで借金とりに追われちゃってさ。家の電話も携帯も通じなくしてしまったのよね。だから、弁護士さんが私と連絡を取ろうとしても通じなかったと思うの。

あさ子は愕然とした。この大事な時期に何ということかと憤りをおぼえながら、同時に閃くものがあった。

「和解がうまくいかなかったのは、それも原因なのね。私と和解したところで、阿曽さんと和解できなければ相手のもくろみが外れてしまう。阿曽さんはきっと承知しないと思っていたけれど、連絡がとれなかったのでは論外だわね」

――ごめんなさいね。今回のことがあった上に、義妹《いもうと》のことで弱り目にたたり目なの。しかも、藤代にやられた額より、こっちのほうがずっと大きくて……。

「それは大変だわね」

――悪いことは重なるというけれど、ほんとに死にたくなるほどよ。あなたは二百万円でもよかったの？

問われて、あさ子は答えるのも億劫になった。いいとも嫌ともいえなかった、と軽くかわして、

「すると、阿曽さんは損害賠償の民事訴訟も起こされていないんですね」

と、聞いた。

――民事訴訟なんて、そんな余裕なんかないわよ。頼りない弁護士だし、お金ばかりかかって、どうにもならないでしょうに。あなたは起こしたの？

あさ子はうなずくと、説明を省いていった。

「裁判の結果はまたお知らせしますから、連絡先を教えていただけますか」

すると、阿曽は少しためらった。新しい携帯電話の番号を告げた後で、これは誰にも教えないでほしい、とつけ加える。あさ子は承知し、これからも連絡を取り合うことにして電話を終えた。

やはり、先方の和解しない理由は言い訳、それとも作り話だったか?

店を出て最寄り駅へ歩きながら、あさ子は考えた。保釈金を出してほしいという藤代に対して母親が怒り、罪を償わせることにしたというのはただの口実で、実際は、阿曽との和解交渉が連絡不能でうまくいかず、あさ子の側とだけ和解しても意味がないというのが本当の理由だったのではないか。和解するなら二人ともに成立しなければ、刑事裁判における執行猶予の判決は望めない。それを勝ち取るには、少なくとも両方が提示された二百万円という額を受け入れなければならないはずで、それが阿曽側の事情で不可能になったのだから、交渉を破棄するための言い訳を考えるほかはなかった。そんなところではなかったか。

だとすれば、何とも身勝手というほかない。裁判を有利にすすめるためだけの和解話。執行猶予が得られる望みがなくなったのだから、さっさと破談にしてしまえというわけで、そのための作り話、体《てい》のいい言い訳が必要だったのではないか。とすれば、それは誰の考えであり、決断だったのか……。

それが問題だと、あさ子は考えた。先方のいう通り、藤代の母親か、それとも真紀か、あるいは二人が相談して決めたことなのか?

数日前、野上弁護士から、裁判に先立つ資料として、「起訴状」と藤代の「供述調書」の写しが送られてきた。起訴状はともかく、供述については不審な点が多々あって、警察官や検事の面前にあっても随所に偽りを述べたふしがある。

前科が一つ、記されていた。平成十六年四月三十日付、N警察署における供述であるから、自首して間もなく作成されたものだ。

十一年ほど前、無免許で自動車を運転し、栃木県警にシートベルト装着違反と合わせてキップを切られた。その際、妹の夫の名前と生年月日を口にして自身を偽り、栃木県警F警察署に捕まった。裁判になり、U市の地方裁判所で、懲役一年、執行猶予五年の判決を受けている。

妹の夫といえば、確か政府関係の役人で霞ヶ関の省庁に勤めている。藤代自身が述べた事柄のなかで、数少ない本当の話であり、そういう人の名を騙《かた》って罪を逃れようとしたことに、あさ子は呆れた。騙られた方はたまったものではなかったろう。裁判沙汰になったのも、妹の夫から許しがたいとして厳しく罰することを要望された結果にちがいない。

次に、学歴が記されている。

当時の居住地であった埼玉県T市の中学校を卒業したあと、昭和五十三年四月に東京都K市にある私立K高等学校普通科に入学している。そこで、二年から三年に上がるとき、出席日数が足りなくて留年してしまったことから、学校に行くのが嫌になり、退学してしまった。その後、すぐにT市の埼玉県立T高等学校の定時制に入学したが、学業と仕事の両立ができなくなり、一年後にやめてしまったという。

高校を二度まで中退したというのも珍しい。

経歴の項は、さらにつづく。

現在は独身だが、昭和五十九年二月に結婚したことがあり、子供が二人いる。しかし、平成三年ころ、経営していた会社が倒産したころから妻と別居し、平成八年ころ、正式に離婚した。二人の子供は前妻が養っているという。

すると、小笠原真紀とは妻と別居中に知り合い、同棲をはじめたことになる。平成八年といえば、藤代が〈いちりん〉の馴染みになった年だ。離婚した妻との間に子供が二人いることは、馴染み客となって数年後にあさ子にも打ち明けていて、上が女の子で、下が男の子だといっていた。

両親は、父、忠雄《ただお》が二十三年前に心臓病で亡くなっており、母、克子《かつこ》（七二歳）がT市の市営住宅に一人で住んでいる。また、妹、貴美《きみ》（三七歳）が十四年くらい前に嫁に行き、現在、群馬県S市に住んでいるというから、政府役人の夫は群馬へ赴任しているにちがいない。

次は、職歴だ。

高校をやめた後、アルバイトをして暮らしていたが、二十歳のとき、埼玉県K市の不動産会社〝ナイスホーム〟に就職し、その後、他の不動産会社へ移り、最後は平成二年十二月ころ、一緒に働いていた友人と共に独立して東池袋に不動産会社〝タウントラスト〟を設立した。が、当時はバブルが弾けたころで、購入したマンションなどの価格がどんどん下がり、経営が苦しくなり、結局、十カ月余りで会社はつぶれてしまった。そのときの借金が四千万円くらいあり、代表取締役の藤代だけが責任をとって、約二千万円を支払って決着をつけたという。

それ以降、現在まで、たまにアルバイトをする程度で、ほとんど働いていない。

資産といえるものはナシ。借金は、同棲している小笠原真紀のものと合わせて、八百十万円くらいあり、月に約三十五万円を数カ所のローン会社に支払っているという。

その一文をみたとき、えッ、とあさ子は声を上げた。

真紀の言によれば、藤代は彼女のクレジット・カードで各所のサラ金から勝手に五百万円を借りていたというから、「真紀のものと合わせて」という表現がわからない。というのも、他に藤代自身の名義で三カ所のサラ金から三百十万円を借りているからだ。警察は裏付けをとっており、八百十万円という借金の総額はその通りらしい。ただ、月々三十五万円を返済しているとは、どういうことなのか。それほどの額をどうして返済できていたのか。そういえば真紀は、やるといっていた自己破産をしないでいる……。

五月七日付。警察における供述調書（警面調書）では、藤代と小笠原真紀の生活費について述べられている。

藤代の収入はナシ。真紀のそれは、月に約二十万円。

二人の支出については、マンションの家賃が十四万円。食費が月に約十万円。二人の衣装代が月に約三万円。藤代のギャンブル代が月に約十万円（パチンコ、競艇など）。酒代が月に約五万円とあり、一カ月の合計、四十二万円となる。

収入（真紀の二十万円のみ）と支出を比べると、月に、約二十二万円の赤字であり、一年では、二百六十四万円程度の赤字になる。この赤字分を松原あさ子から騙し取ったお金で穴埋めしたり、サラ金から借りたり、母親から借りていた、という。

ところが、同月二十六日付の供述調書では、金額が途方もなく異なってくる。

マンションの家賃と生活費で、月二十万円。その他の飲食代で、月四十万円（居酒屋、スナック、キャバクラ等）。サラ金の返済で、月に約三十五万円。競艇、パチンコ等の負けで、月三十万円以上で、一カ月、百二十五万円くらいになる。多いときは、その他の飲食代で、月六十万円（上記居酒屋等）、さらに競艇、パチンコ等の負けが月四十五万円くらい、合計で一カ月、百六十万円くらい使ったこともあるという。

そして、それらを騙し取ったお金とサラ金からの借金と母親からの借金でまかなっていたと述べる。捕まった当初の供述では、月の支出合計が四十二万円程度といっていたのに、後の供述ではそれが三倍にも跳ね上がるのである。

あさ子は信じられなかった。第一、「松原さんに対する返済部分は七万円」とあるが、それは返済ではなく預けたお金の〝利息〟として持ってきたのであって、いい加減な供述というほかない。

そもそも、飲食代が月四十万から六十万円というのは、〈いちりん〉での一晩二千円程度の、それも三万円を十数回に分けて飲んでいたことからして、あり得ない。キャバクラにしても、そう度々行っているようにはみえなかったし、仲間から飲み代や会費をピンハネしていたような人間が、それほどの散財をしたはずがない。まして、競艇《きょうてい》は本命ねらいの手堅い賭け方だったというし、パチンコでは一回の負けの上限を一万円と定めて専用の通帳まで持っていたのだから、ギャンブルの負けが月に四十五万円もあったとは、とうてい考えられない。

逮捕された直後の供述から、一体なぜそれほど大幅な修正が加えられたのか？

供述調書の最後には、〝私は現在、借金しか残っておらず騙し取ったお金をどこかに銀行の口座等に隠していたりすることは絶対にありません〟と結んであるが……。

サラ金からの借金、八百十万円に対して月に三十五万円くらい返済しているというが、真紀が破産宣告しないところをみると、いまも続けているのだろう。藤代が自首したことによって支払いが滞ったという話も聞かない。サラ金からの借金をはるかに上回る額を二人の女性（あさ子と阿曽）から騙し取ったのだから、月々の返済くらいは楽に払っていける。

と、そこまで考えたとき、あさ子の中で、前々からの考えが確信に変わった。

自首した後の処理は、真紀が仕切っている。母親よりも大事な役をやっている……。破産宣告をするつもりだといって、そうしていないのは、ちゃんと蓄えがあるからだ。つまり、騙し取ったお金のかなりの部分をどこかにストックし、借金の返済に回しているか、すでに返済を終えているか、どちらかだ。でなければ、真紀が前よりもいいマンションへ移り、そこで藤代を待つ、などというはずがない。二人は示し合わせて、藤代が自首した後を真紀が引き受けることになっていたにちがいない。話し合った上で藤代が自首を決めたとすれば、およそのことは辻褄が合ってくる。その日のうちに携帯電話を解約し、弁護士を雇い、和解の話をすすめようとしたのも計画にのっとってやったことだろう。

ただ、それがうまくいかなかった。阿曽のほうが義妹の件で思いがけない事態に陥り、そんな端金では和解できないと言い残したまま音信不通になったことによって藤代サイドの目論見に狂いが生じ、あさ子とのみ和解することが無意味になった、という推測も真実味を帯びてくる。

だとすれば、藤代自身は自首などしたことを後悔しているにちがいない。かつて一度、無免許運転で妹の夫を騙って逮捕されたときは執行猶予の判決をもらい、早々と社会に戻れたことが記憶にあって、それを狙ったものの、うまくいかなかった。

〈この世を甘くみて、舐《な》めてかかった結果……〉

あさ子はそう思った。その藤代がどんなようすで法廷に現れるのか。

四谷で地下鉄丸の内線に乗り換えて霞ヶ関へ、一時五分前に着いて駅の構内を歩いていると、前方に松坂順一の後ろ姿がみえた。追いついて、電話中の横顔をのぞきこむ。

「千野ちゃんたちは、先に行っているそうです」

携帯をたたんで、松坂はいった。「真紀も来ているそうです。弁護士さんと一緒に」

「そうなの」

やはり真紀が主役なのだと、あさ子は思った。

野上弁護士の話では、こういう事件の場合、情状証人といって、罪を少しでも軽くしてもらうために、被告人の身内から適任者を呼ぶことになるという。裁判官の前で、本人に成り代わって犯した罪を詫び、監督が行き届かなかったことを反省し、涙を流してみせるとより効果的らしい。しかし、真紀は配偶者ではないから、そういう役柄に適任かどうか。筋としては、母親が来るのではないかと、野上弁護士はいっていたけれど……。

地下鉄駅を地上へ出ると、酷い暑熱につつまれた。摂氏三十九度と発表された、不快きわまりない暑さだ。幸い裁判所の正門はすぐ前方にある。門を入って玄関へと歩く。

二重の扉を入っていくと、ロビーの入口に検問所があった。昨今、にわかに大事となったテロ対策だろう、まるで空港でのチェックのようだ。バッグをトレイに乗せて、自身は四角い枠をくぐり抜ける。その先のロビーに、千野と松野、それに金村と佐伯が立ち話をしていた。かなり混雑していて、重要事件の裁判でもあるのか、マスコミの姿もある。

連れ立って、エレベーター・ホールへと歩く。午後の裁判がはじまるその時間、エレベーターは各階に止まり、人が出入りした。

五階で降り、廊下を歩く。左右にある法廷の番号を確かめながら歩き、「五一〇号」の表示をみつけると右へ折れ、扉を押して入っていく。

一時過ぎ、その法廷では外国人による窃盗事件の判決が言い渡されたところだ。その後が、「被告人・藤代芳明」の裁判で、容疑は「詐欺」、裁判官は一名、水木郁夫《みずきくにお》と壁の掲示板にある。

掲示板の前に、一足先に着いた上田と白井と加瀬がいた。あさ子はそれぞれに挨拶をして、奥の待合室で待機した。

裁判は一回きりで終わると聞いている。このような事件の場合、モットーである裁判の迅速をはかるため、審理は「論告・求刑」から「最終弁論」まで、一時間程度ですまされるという。手際のよい、形だけの公開であり、傍聴したからといって事件の中身がよくわかるというわけにはいかない。検察側は証拠を固めているので、弁護側が事実関係を争わないかぎり、事務的にすすめられるという。先方の弁護人は、民事と同じ、石川弁護士であるというから、なおさら問題がない。

一時十分過ぎ、法廷があいた。

あさ子は急ぎ駆けつけた野上弁護士とともに入室し、中央うしろ寄りの席に腰かけた。傍聴人は〈いちりん〉の客たちと、他に白いワイシャツ姿の見知らぬ人たちが来ていて、ほぼ満席である。おそらく新人の警察官で、研修か何かで来ているのだろうと、野上はいう。

左手奥の扉が開いた。手錠をかけられた藤代が姿をみせて、あさ子は緊張ぎみに目を向けた。二人の刑務官に付き添われ、正面に来るまでの間、いくぶん伏し目がちだが、萎《しお》れたふうではない。ただ、かつての仲間が来ていることは視界に入ったらしく、傍聴席を嫌がるようすが、手錠を外してもらうときの身をよじるような動きに出た。

さほど窶《やつ》れたようすもなかった。ただ、人相がわるい。いやな悪人づらになっている、とあさ子は感じた。Tシャツ姿はこざっぱりとしているが、頭をまるめて縁の小さなメタルフレームの眼鏡をかけている。坊主頭のせいでいっそう細長い顔の表情からは何も読みとれない。かつてカウンター越しにみていた男は、そこにはいなかった。

コンタクトをしていたことは、つい最近まで、馴染み客の多くが知らなかった。一度、店で飲んでいるときに眼からポロッと落ちたのをあさ子はみたことがある。拘置所ではそれを着ける意味がなくなったのだろう。

あさ子は憎しみの情とはまた別の、やりきれない思いで眺めた。最後の最後まで平然として正体をみせなかった男が、急転直下、手錠姿の変わり果てた格好で現れるとは……。

二人の刑務官に挟まれて、傍聴席に横顔をみせる形で腰かけると、まもなく正面、壇上にある扉が開いた。水木裁判官が姿をみせると、「起立」と廷吏が号令し、傍聴人を含めた全員が立って一礼をする。

「それではじめます」

と、裁判官が開廷を宣した。

「被告人は前へ出てください」

命じられて、藤代が腰を上げる。陳述台の前へ歩み、傍聴席に背中をみせて立った。

人定質問がはじまる。被告人の氏名、生年月日、本籍地、住所など、藤代は淡々とした口調で答えた。住所は、真紀が引っ越しをする前のものだ。

「それでは、検察官、起訴状の朗読をしてください」

検察官の小谷鉄治《こたにてつはる》が立った。まだ二十代にちがいない、細身、細面の頼りない感じのする男性で、朗読する口調に関西訛りが濃くあった。

〝公訴事実。被告人は――

第一　資産運用下に金員を詐取しようと企て、別表1記載のとおり、平成十一年四月二十六日から平成十四年十一月十一日までの間、前後十五回にわたり、いずれも東京都S区N三丁目六番五号居酒〈いちりん〉において、同店経営者松原あさ子（当時五八年）に対し、真実は、知人が経営する金融会社は存在せず、元本として預かった金員を返済する意思も能力もなく、自己の生活費や遊興費に費消する意図であるのに、その情を秘し、それぞれ「私の友人が関わっている金融会社にお金を預けれぱ、その会社が運用し、高い利息がついて戻ってきますよ」「その金融会社にお金を融資すれば、電化製品を利息としてもらえますよ」などと嘘を言い、上記松原をしてその旨誤信させ、よって、平成十一年四月二十七日から平成十四年十一月十二日までの間、前後十五回にわたり、前記松原をして東京都内から同都S区N三丁目三番六号株式会社M銀行N支店の被告人名義の普通預金口座に現金合計1072万8550円振り込み入金させ、

第二　社債又は株式購入名下に金員を詐取しようと企て、別表2記載のとおり、平成十四年十二月五日ころから平成十六年四月二日ころまでの間、前後十九回にわたり、東京都内から熊本市O町三丁目七番二号ウィンハイム一〇一号室阿曽艶子（当時五六年）方に電話をかけ、同女に対し、真実は、社債又は株を購入する意図はなく、預かった金員を返済する意思も能力もなく、自己が生活費や遊興費に費消する意図であるのにその情を秘し、それぞれ「利益確実な社債があるんですが、買いませんか。それは安住アセットメント株式会社の社債です」「銘柄は教えられませんが、確実に株価が上がる株なので阿曽さんも買いませんか」などと嘘を言い、上記阿曽をしてその旨誤信させ、よってそのころ、上記阿曽をして熊本市N南三丁目二番一七号所在の株式会社H銀行N支店ほか一カ所から東京都S区N一丁目二七番七号株式会社M銀行N支店の被告人名義の普通預金口座に現金合計2861万4000円を振り込み入金させ、もって人を欺いて財物を交付させたものである。

罪名及び罰条　詐欺　刑法第246条第1項〟

以上、と検察官が告げて腰を下ろした。

次に、裁判官が、被告人には〝黙秘権〟があることを告げた。これから審理をはじめるに当たって、被告人は、質問に答えないでおくこともできるし、ずっと黙っていることもできる。ただし、この法廷で述べたことは、被告人に有利、不利を問わず、証拠となるのでそのつもりでいるように、といった前置きをしてから、改めて被告人に尋ねた。

「いま読み上げられた起訴状の公訴事実、第一、第二については、その通りですか」

「はい」

「間違いありませんね」

うなずいた藤代に、裁判官は元の席へ戻るように命じた。

つづいて、検察官による〝冒頭陳述〟がはじまった。

まず、被告人の身上、経歴等について述べられていく。生誕地、学歴、職歴、そして、小笠原真紀との出会い、〈いちりん〉での身分の詐称、金員を騙し取るに至った動機、経緯など、起訴状の内容がさらに詳しく描き出された。起訴状第二の阿曽についても、金員を騙し取るための詐言や金額に違いがあるだけで、同じように述べられていった。

それらの中に、あさ子にとって真新しいことは一つもない。すでに承知していることばかりであり、むしろ荒削りで物足りないくらいである。

もっとも、その他のたくさんの事実は、冒頭陳述の後、〝証拠調べ請求〟として検察官が提出する書面に記されている。第1号証から第21号証まであって、例えば被害者松原あさ子の供述調書は第17号証、被告人の内妻小笠原真紀及び母親の供述調書は第18、19号証といったふうに、詐欺行為の事実を証する各種証拠の品目が読み上げられて、これは相当に緻密なもののようだが、その内容までは公開されない。

審理は、石川弁護人が証人申請した小笠原真紀の陳述へと移った。

傍聴席の最前列に控えていた真紀が、裁判官に呼ばれて正面へと進み出る。地味なスーツ姿は場所柄を意識したせいか、やや紅潮した顔は内心の緊張を表わしていて、足取りもどこかぎこちない。それでも、陳述台に立つと背筋を伸ばし、真っすぐに壇上の裁判官を見上げた。

裁判官が〝宣誓書〟の朗読を命じる。良心に従い、嘘、偽りを述べないことを誓う真紀の声音には生気がない。もし、偽りを述べたときは偽証罪に問われることもあるので、そのつもりで正直に答えるように、と裁判官に告げられて、はい、と小さく答えた。すぐ右手にいる藤代の表情が真紀の登場で変わったようにもみえない。むしろ無視するように、床へ目を落としたままだった。

弁護人の問いは、被告人との関係からはじまった。

「被告人とは、いつ、どこで知り合ったんですか」

「十年ほど前、私が池袋のクラブで働いていたときです」

「同棲をはじめたのはいつですか」

「知り合って間もなくでした」

「すると、十年ほどになりますが、被告人はあなたの前でも安住生命の社員であると身分を偽っていたんですか」

「はい」

「それが嘘であることを知ったのはいつごろですか」

「一緒に暮らしはじめて二年くらい経ってからです。会社へ行っているようにみえなかったので、理由を尋ねると、自宅でもできる仕事だからと答えてました」

「事実を知って、あなたはどのように思ったんですか」

「そのときはもう彼のことが好きになっていたので、あまり追及することなく過ごしました」

「被告人とは内縁関係でしたね」

「はい」

「被告人と一緒に行っていた〈いちりん〉という店では、被告人の妻だといっていたそうですが、その通りですか」

「はい」

「安住生命の社員の妻だということで通していましたね」

「はい」

「すると、あなた自身も被告人の嘘を認めながら、そのように装っていたことになりますか」

「私はただ、彼がそのようにいっているので、口裏を合わせないといけないと思っていたんです」

弁護人はそこで少し間を置いた。真紀の表情は後ろ向きなのでわからないが、声はやっと聞き取れるほどにか細くて、そのこと自体が供述の信憑性のなさを感じさせる。

弁護人の問う声だけが高く響いた。

「あなたは被告人が、〈いちりん〉の女将《おかみ》である松原さんから、利殖を名目にお金を引き出していたことは知っていましたか」

「それは知りませんでした」

「それを知ったのは、いつですか」

「彼が警察に自首した日の朝です。書き置きがあって、それで知りました」

「それまでは本当に知らなかった」

「はい」

「被告人はほかにも、阿曽艶子という人から二千八百万円以上のお金を騙し取っているんですが、それについてはどうですか」

「同じです。自首した日の朝まで知りませんでした」

弁護人は首をかしげただけで、それ以上は追及せず、次の問いに進んだ。

「あなたは、今回のことがあって、被告人をどのように思っていますか」

「できれば、罪を償ったあとは、また一緒に暮らしたいと思います」

「被告人が刑罰を受ければ、社会復帰するまで待つということですか」

「そうです」

「ということは、被告人をしっかりと更生させるつもりがあるということですか」

「はい」

「被告人が二度とこういうことをしないように、しっかりと監督する気持ちがあなたにあるということ？」

「そのつもりです」

「約束できますか」

「はい」

弁護人はそこでうなずいてみせると、

「終わります」

告げて腰を下ろした。

最初のうちは目を伏せて聞いていた藤代が後半からは顔を上げ、ジッと真紀に視線を注いでいた。その顔つきが何か物言いたげではあったが、感情を露にするわけでもないので、真意までは見抜けない。

代わって、検察官が立って問いはじめた。が、これまた弁護人の質問と似たようなもので、ただ皮肉っぽい、意地悪な問いが加わったにすぎない。真紀はそれに難なく応え、また不都合なことは黙って首をかしげるだけで切り抜けた。

つづいて、被告人質問へと移った。弁護人の石川が改めて立ち、陳述席へと進み出た藤代に問いはじめる。

不動産会社で仕事をしていた頃はバブル期で、月収が三百万円ほどあったという。勢いを得て、友達と一緒に会社を起こしたものの、間もなくバブルが弾けて借金を抱え、全財産を投げ出した。そんなことが仕事への意欲をなくさせる理由だったと、藤代は弁護人の問いに答えた。

質問は、やがて〈いちりん〉でのことに移った。

藤代があさ子の前で告げたのは、身分や学歴の詐称だけではなく、多岐に及んでいる。それらの真偽を確かめてほしいと弁護士を通じて要望したのは、和解話をすすめていく過程においてであった。不満足な和解金を受け入れる条件として、これだけは白黒をつけておきたいというのが、あさ子の率直な思いだったのだ。和解はできなかったものの、その要求は生きていて、石川弁護人がそれらについて問いただしていく。

「被告人は〈いちりん〉の女将に、自分の母親は暴力団組織の稲山会の会長の娘で、幼い頃に九州へ養女に出された云々という話をしたことがありますね」

「はい」

「その理由は、会長とはいえ暴力団の娘として育つのはかわいそうだという配慮からだといったそうですが、そういうことは事実なんですか」

「いいえ」

「それらはすべて偽りですね」

「はい」

藤代が答えると、弁護人の顔が一瞬変わって、

「どうしてそういう嘘をついたんですか！」

不意に、口調に怒りをこめた。

藤代は背中を強ばらせたまま答えない。弁護人がつづける。

「その母親は青山学院大学を出て、いまは経理事務所を経営しているという話をしたそうですが、これについてはどうですか」

「嘘をつきました」

「被告人の父親は、ポルトガル人とのハーフで、自分はクォーターであると述べたそうですが、実際はどうなんですか」

「違います」

「その父親は、九州大学を出て、沖電機に勤務し、ロンドン駐在員として赴任した際、経理事務所の仕事で忙しい母親を残して、被告人のみを連れていったという話についてはどうですか」

「自分が作った話です」

藤代の声がだんだん小さくなる。弁護人はさらにつづけた。

「被告人は前の奥さんとの間に二人の子供がいるわけですが、その前妻はイギリスの大学を出ていて、アラビア石油の重要ポストにいたという話については？」

「作った話です」

「被告人は、早稲田高等学院へ帰国子女として入学し、早稲田大学教育学部を卒業して、大学時代はボクシング部に所属していたと述べたそうですが、どうですか」

「違います」

「一緒に暮らしていた小笠原真紀については、本妻であるかのように装っていましたね」

「はい」

「その小笠原さんは北里大学の看護学校を出て、いまは薬品会社に籍を置いてエステの会社に派遣されていると述べたそうですが、これについてはどうですか」

「違います」

「本当は、クラブのホステスだったんでしょう」

「そうです」

「高校時代に一時、暴走族に入っていたことがあるというのは本当ですか」

「いいえ」

「それもこれも嘘なんだね」

「はい」

「もう一度聞きますが、どうしてそういう有りもしないことをいったの？」

「………」

藤代は少し頭を揺らしただけで答えない。

弁護人が小さくため息をつく。かつて和解期日に、弁解の余地もないといい、和解話の解消を宣告したときのことをあさ子は思い出しながら、今また、被告人を弁護をしているとは思えないやりとりに耳を傾けた。

「被告人は、〈いちりん〉をはじめて訪ねたときから、安住生命の社員だと名乗ったそうですが、それは女将の松原さんを騙すための布石だったんですか」

「いいえ、はじめから騙そうと考えていたわけじゃないです」

「じゃ、どうしてそういう嘘をついたの？」

再三の問いかけだった。藤代はしばらく考え込んだあと、やっと口を開いた。

「それは、一緒にいた真紀に対しても同じことをいっていたので、〈いちりん〉の客になったときもそういうほかはありませんでした」

「しかし、名刺は渡していませんね」

「はい」

「名刺も渡さずにそういうことをいって、信用されると思ったんですか」

「たぶん……」

「実際、松原さんは信用したわけですが、いずれバレるとは思わなかったんですか」

「バレないように、いろいろと気をつかっていました」

「たとえば、どういうふうに？」

「たとえば、会社の電話へ掛けられると困るので、ほとんど外出しているからといって携帯のほうへお願いしていました」

「ほかには？」

「一応、安住生命や金融関係についてはよく勉強して、それらしい話をしていました」

「誰かに本当のことを知られそうになったことはないんですか」

「あると思います」

「どうして最後まで隠し通せたんでしょう」

「私もそれなりに気をつかって、その場その場で言い逃れをしていましたから」

「それがうまくいったと」

「はい」

「内妻の真紀さんに助けられたということはないんですか」

「そういうことはないと思います」

「そうやって身分や学歴を詐称したり、嘘、偽りを述べたことが、松原さんや阿曽さんからお金を引き出す上に役に立ったと思いますか」

「それは、たぶん……」

「つまり、いずれ詐欺をはたらくつもりで、そういう詐称なり、嘘を口にしたわけですか」

「そういうわけではありません」

「そのうち騙してやろうと思って、そういう偽装をしたんじゃないんですか？」

「違います」

そこで弁護人は間合いをとって、次の質問に移った。

騙し取ったお金の使い途と生活費やギャンブル代の関係について尋ねていく。藤代の答えは、彼と接してきた仲間の証言とはかけ離れた、まるで大損をしたギャンブラーのものだった。

あさ子の望んだ矛盾点の追及もなされなかった。逮捕から間もない供述調書に記されてある、一ヵ月のギャンブル代が、数週間後の再聴取では、約三倍にまで増えているのは、どうみても奇妙というほかない。それは、騙し取った額に比して、生活費やギャンブル代が小さすぎ、まるで帳尻が合わないため、作為的に辻褄合わせが行なわれた結果ではないか。実際に、藤代の預金がなくなっているために、そうでもしなければ騙し取った大金がどこへいったかの説明がつかない。

佐伯が面会したときは、「まあ、いろいろと」と、使途についてお茶を濁したそうだが、警察でも本当のことはいわなかったのだろう。ギャンブルに消えたことにするのが取調官にとって、また藤代にとっても、いちばん手っ取り早い解決法だった。篠山刑事もその点では妙に歯切れが悪かったことからして、供述の変遷には作為がある、とあさ子は確信していた。

弁護人は次に、藤代が自首した理由について尋ねた。答えは、あさ子が最初に刑事から聞いたものと何ら変わりがなかった。

「被告人はそうすると、悔い改めて社会復帰したあとは、被害者にお金を返していく努力をするつもりなんですか」

「はい。できるだけ、そうしたいと思います」

弁護人は最後に、どうにかその任務を果たそうとしているようだ。百円でも多く返せるように努力したいという、しおらしい言葉を引き出して、さらに問う。

「さっき真紀さんが、被告人を監督して更生させるといいましたが、あなた自身もその覚悟ができていますか」

「はい」

「いまの被告人の被害者に対する気持ちはどうですか」

「申し訳ないことをしたと思っています」

「終わります」

検察官の小谷が代わって立ち、被告人と向き合った。

そのやりとりを聞きながら、あさ子はただ空しさをおぼえた。おざなりの、真相のカケラすらみせてくれることがない、まるで茶番だった。うわべだけの言葉のキャッチボールに、呆れたというほかない。

証人尋問で、将来、社会復帰した被告人を監督できるのかという問いに、真紀が、「はい」と答えたときは驚いた。藤代の詐称を認め、数々の嘘の援護をしてきた彼女がそういう役割を引き受けられるとは思えない。

いいかげんな話にもほどがある……。

あさ子は気分がわるくなるばかりだった。詐欺事件というのは、裁判までが嘘、偽りで塗り固められている……。

被告人質問が終わって、法廷はいったん静まり返った。

検察官による「論告」がはじまったが、あさ子はうわの空だった。内容はこれまでと同じ、詐欺の中身を説明するものだが、その罪の重さを老後の資金を奪われた二人の女性の哀れに帰しているところだけが真新しい主張だ。結論として、犯行は極めて悪質、許しがたい行為であると述べ、「求刑」は「懲役六年」と宣せられた。

つづいて、弁護人の「最終弁論」がはじまった。

これまた形式的な言葉の羅列にすぎない。弁解の余地もないと和解期日のときは宣《のたま》っていたが、さすがにそうはいえず、ただ、どうにか有利な点として、被告人は自首していること、内妻の真紀が社会復帰の際は監督するといっていること、それに被告人自身が大いに反省していること等が述べられて、寛大な判決をお願いする次第である、と結ばれた。その口調にはしかし何の熱心さもなく、まさしくおざなりの弁護というほかなかった。

最後に、裁判官が判決の期日を告げる。七月三十日、午後一時十分。およそ十日後のスピード判決である。

再び「起立」で全員が一礼する。一時間ばかりの法廷があっけなく終わった。

当局にとっては何の争点もない、一丁上がりの裁判だったが、あさ子には依然として謎だけが残った。

十五

判決の日がやって来た。

七月三十日、午後の日差しは相も変わらず、気分が悪くなるほどの暑さだ。初旬からはじまった真夏日が、一日も途切れることなくつづいていた。

東京地裁五一〇号法廷。あさ子は前回とほぼ同じ顔ぶれと共に、傍聴席に腰を据えていた。野上弁護士は都合がつかず欠席するとのことだったが、予測できる判決は聞く必要もないのだろう。

小笠原真紀のワンピース姿が最前列の隅にあった。あさ子とは挨拶どころか顔も合わせようとせず、避けていることは明らかだ。その一点をとっても、彼女への不信感はつのるばかりだった。

右手、柵の向こうには、石川弁護士がどこか憮然とした表情で控えている。

開廷の数分前、藤代が刑務官に付き添われて現れたが、これも前回と変わりがない。手錠と腰ヒモにつながれた姿に、あさ子は罪人そのものを感じながら、今やいっそう遠い人になろうとしていることを意識した。

一時十分ちょうどに、壇上の扉が開いた。

起立のあと、水木裁判官が開廷を告げた。被告人を正面の陳述席に呼び、これから判決を言い渡す旨、静かに話しかける。次に、手にした判決書に目を落とし、おもむろに宣した。

――被告人を懲役四年に処す。

その瞬間、藤代の坊主頭がかすかに揺れた。

裁判官が「理由」を読み上げる。淡々とした口調で、公訴事実にそった罪となるべき内容を朗読する間、藤代は直立不動のままで聞いた。

文言のなかで、二人の女性のうち、阿曽艶子からは、「老後の安定した暮らし」を奪い、松原あさ子からは、「老後の豊かな暮らし」を奪い、といった表現の違いはあるものの、被告人の罪は「許しがたく」「相当の刑罰」をもって臨むほかはないと厳しく断罪した。ただ、六年の求刑が四年に割り引かれたのは、「自首していること」と、「反省の情が認められる」ためであるらしい。

水木裁判官は最後に、判決に不服な場合は二週間以内に控訴することができる旨を説明してから、閉廷を告げた。廷吏が起立の声をかける。立ち上がった人々へ裁判官はかるく一礼すると、そそくさと姿を消した。

再び手錠をかけられる藤代の横顔からは、何も読み取れない。実刑判決を食らったことへの思いはカケラもみせず、傍聴席を一瞥もせず、目と鼻の先の真紀すらも完全に無視して背中を向ける。無表情もここまで徹底していると、かえって不気味なくらいだ。真紀もまた、判決を聞いたことで沈鬱な顔になるでもなく、刑務官に腰ヒモを巻かれて扉の向こうへ消える藤代を見送った。

あさ子は最後まで席を立てなかった。扉の向こうへ消えた藤代の後ろ姿だけが奇妙な残像となって瞼の奥にこびりついた気がした。

その夜、傍聴に出向いた客たちが店に集まってきた。

裁判所ではゆっくり言葉を交わす時間がなく、それぞれの持場へ戻っていったのだが、いつもより早い時間に顔をそろえた。その顔ぶれの中に、一人、久しぶりの人物がいた。

長年の馴染み客であった富岡保一《とみおかやすいち》である。昨年の暮れ、還暦を迎えたのを機に細君の故郷である九州の壱岐島《いきしま》へと引き揚げて以来、二度目の上京だった。農学の研究者として、政府の海外援助機関に所属し、しばしば世界の僻地へ出向いていた頃からの客で、いまは島で何頭もの山羊を飼い、魚介類の養殖の研究に没頭しているというが、ときに東京が恋しくなって、今回は特に用もないのに博多から夜行バスで十四時間余りかけてやって来たという。

喜んだのは、あさ子のみならず店の客たちも同じで、富岡の人望は別格のものだ。豪放磊落というのか、その話の破天荒さ、愉快さは並外れており、少年のような邪気のなさは何をいっても憎めない。どっしりとした身体つきや彫りのある風貌にも、いかにも大物の感があった。

富岡にはまだ話していない。が、客たちの話題からすぐに異変を感じとったらしく、誰がどうしたのかと、首をかしげた。

「メールでも打とうかと思ったんだけれど」

水に濡れた手を拭きながら、あさ子はいった。「静かな田舎暮らしの人に、都会の汚《けが》れを伝えるのもどうかと思ったものでね」

「何だよ。この俺に隠しごとでもあるのか?」

富岡が話せと迫る。それで周りが代わって事実を告げた。

黙って話を聞いた富岡は、しまった、と指でカウンターを打ちすえた。その一言が唐突で意外だったので、あさ子は、何がしまったのよ、と言葉を返した。

「やっぱりそうか」

「何が?」

「やつの正体を見破っていたのは、俺だけなんだよ」

皆が富岡を注視した。どういうことかと問い返すあさ子へ、

「どうしてそれを早く俺にいわなかったんだよ!」

叱りつけるようにいう。「知ってりゃ、とっちめて、金を取り返してやったのに」

残念がる理由がまだわからない。皆が富岡をみつめたまま言葉を待った。

二年ほど前のことだ。

富岡の大学時代の一つ後輩に、岩淵潔《いわぶちきよし》という、安住生命の専務にまでなった男がいる。彼は商業高校を出て、三浪して東大の理一に入った変わりダネで、専攻が数学科であったこともあって、生命保険会社に就職した。保険会社は命の計算、予測の世界であるから、彼のような人物は重宝

されて、着実に昇進していった。体育部の、彼は投擲《とうてき》（砲丸投げ）の選手で、マネージャーを兼《か》ねていた。富岡は二浪して入ったから、岩淵のほうが一つ後輩とはいえ年齢は同じ。自分は陸上部のキャプテンだったが、岩淵とはクセのある東大生百名余りの体育部員をまとめるのに苦労を共にした仲だ。

「まさに盟友というべき仲なので、岩淵にトミオカの名を出して親しくしているといえば、君の社内での立場もよくなるはずだから、一度挨拶に行くようにといったんだよ。そう、確か、やつが人事部の課長になったと話したときだよ。きっと強い味方になってくれるから、って」

「で、そうしたの？」

あさ子が問う。

「するわけないだろう」

富岡が返すと、皆が爆笑した。

「それから何日か経ってからだよ、やつが俺の前にきて、最敬礼をしてだね、『確かに岩淵という方が専務にいらっしゃいました』っていうわけだ。そのときは、返す言葉もなかったね。『いらっしゃいました』はないだろう。いらっしゃるに決まっているんだから。驚いておられましたとか、奇遇だと仰しゃってましたとかさ、もっと賢い言い方があるだろうに。ああ、やつは安住生命の社員じゃないな、ってピンときた。挨拶に行ったのかとも聞かなかった。あとで、俺のほうから岩淵に電話をしてみると、人事部に藤代なんてやつはいないっていうから、やっぱりかってね」

「どうしてそのとき、私に教えてくれなかったのよ」

あさ子が突っかかると、富岡は大きく頭を振り、

「まさかお前さんがそんな大金をやつに預けているなんて知らないだろう！」

逆に怒鳴り返されて、あさ子は悄気《しょげ》た。

「それ以来、やつは俺に近づこうとしなかった。危ないと思ったんだろうな」

富岡がつづける。「俺にしても、やつの正体を暴いたところで、何の得にもならないからね。むしろ酒場の和を乱すことになるだろうし、恨みを買う必要もなかったからさ」

そうなのだと、あさ子は改めて思った。酒場の客同士という、互いに利害関係のない者たちの集まり。ただ、日々の憂さを酒と笑いで晴らすことができさえすれば、相手のプライバシーに立ち入る必要もない。たとえ疑わしい、変なものを感じたところで、深くは考えず、その場かぎりで流してしまったのは誰しも同じだった。富岡のように、藤代の正体を見破っていた者ですら、自らに関係のないこととして打ちやってしまうのだから、酒場の人間関係とはそういうものと理解するほかないのだろう。

ただ、だからといって、薄っぺらな、どうでもよい関係かというと、そうでもない。この広い世界の一隅に、たまたま縁があって寄り集まった者同士の、互いに利害関係がないゆえの、駆け引きのない、純粋に人間的な交流もまたあることは確かなのだ。皮肉なことに、藤代が存在でき

たのは、そういう酒場のよさゆえでもあったろう。

千野がいった。

「やつとはサラリーマンの悲哀のようなものまで話し合ったもんだよ。いま考えると、どうしてそこまで、って思うけど」

「あの二人、千野ちゃんの結婚式にまで堂々と出席したんだもんな」

松野が受けた。

「詐欺師の顔が結婚式の写真に写っているというのも嫌なもんだろう」

焼酎で顔を染めた富岡がいう。「ある意味じゃ、金を騙し取られるより酷《ひど》い話だ」

「私が悔しいのはね」

と、あさ子は口調に勢いをつけた。「藤代さんが騙したのは、ほんとに人のいい、純な気持ちの持ち主ばかりだったことなの。富岡さんや松ちゃんのような、ひとクセもふたクセもある人には何もできなかった。坂田さんや松坂君のような、人を疑うより信じるほうが先の、純朴で善良な人たちばかりを狙ったのよ」

「そう。俺がいちばん被害がなかった。早稲田でなつかしい長生庵のソバを奢ってもらったから」

松野が笑っていう。

「ママがいちばん善良だったか？」

佐伯が口を入れる。

「そう。私がいちばん馬鹿でした」

あさ子がそういったとき、清田丸がひょっこりと入ってきた。

ひと頃よりずいぶんと痩せて、頭髪も薄く、白くなっている。心臓の加療中で、酒が飲めないはずだが、もう我慢の限界だという。生ビールを注文してから、本日の裁判結果を尋ねるのへ、懲役四年、と隣の佐伯が答えた。

「それは重いのかね。それとも軽い？」

「軽いわね」

あさ子は正直な感想をいった。「法律では詐欺罪は十年以内の懲役となっているようだけれど、十年以上じゃないとおかしいんじゃない？　何千万というお金を騙し取って、たった四年で娑婆《しゃば》に戻れるんだから、騙し得ってもんよ」

「四年といっても、模範囚なら三年半くらいで仮釈放《かりしゃく》になるんだろう」

清田丸がうまそうにビールを口にする。

「控訴するかしないかで、まだ和解の可能性も残されているそうですよ」

佐伯がいった。「野上弁護士がいうには、控訴して、その間にもう一度和解の話を蒸し返す手があるらしいんです。和解できれば、控訴審で執行猶予をとるという……」

「それはもうないわよ」

あさ子は断言した。「阿曽さんが厳罰を与えてほしいといって、和解を蹴っているんだから」

「これでママの気持ちも一段落かね」

富岡がいった。

「いいえ。私の一段落は、四年先からお金を返してもらうまでつきません」

「気持ちはわかるけど、そういう気の持ちようはよくないね」

「どういうこと？」

「勉強代がちょっと高くついたと思うことだよ。高かったぶん、いい勉強をさせてもらったと」

フン、とあさ子は鼻を鳴らした。それはわかっているつもりだ。それでもなお、相手を許せない気持ちが心の底でくすぶっている。お金の損害に対してもそうだが、何より人の情を汚《けが》されたことの哀しみが癒えないのだ。

「俺はやつを許さないよ」

松野がきっぱりという。「以前、俺が本当に資金ぐりに困ったとき、ママは黙って百万円を渡してくれたよね。そのとき、どんなことがあっても三カ月後には返さなきゃと思って、必死だった。それがふつうだと思うよ、自分でいうのも何だけど」

「そういうことがあったわね。お金が返ってくるとは思わなかったけど」

「俺は聞いてないよ、そんな話」

富岡がいった。「ママは俺のほかにもいたんだ、帰りを待ってる男が」

「馬鹿なことといわないの」

「あれ、富岡さん、知らなかったの。俺とママの関係」

「知らない」

「壱岐での富岡さんと山羊の関係」

「乳搾りか」

「そう」

皆が笑った後は、また一件の話題に戻った。清田丸が説くようにいう。

「これは要するに、特殊なケースだと思うことだよ。やつを除いて、客は皆、ママがみた通りの人間なんだよ。ここで人間不信になったりするのはナンセンスだ。そうなれば、本当に、やつに被害を被ったことになるよ」

「そうだ」

富岡が叫ぶ。「空気中にもウィルスというものが飛んでいるんだよ。人はそれと気づかずに吸って風邪をひいたりするわけだ。それと同じだったと思え！」

「わかったわよ」

「治療代は俺が出してやる」

「それはありがとう」

「壱岐へ来たら治してやるよ」

「そのうちね」

あさ子は答えて、いつか彼の住む島を訪れたいと思った。馬鹿なことをいう、その言葉の裏に妙な人間味を感じてしまう。清田丸や松野にも共通したものがあって、みんなして慰めてくれている、その思いが痛いほど伝わってくる。

あさ子は思わず涙ぐんだ。

数日前にインドから帰国した娘の友恵のことが話題になった。

彼女もまた、藤代のことをよく思っていなかったのは、やはり何かが匂ってきたからだろう。お金を預けていることについて、本当に大丈夫なのかと再三心配を口にしていたのだが、あさ子は覚悟を決めて、「あなたの勘が正しかったわ」と切り出した。首をかしげる友恵に、「藤代はニセモノだった」云々と告げると、一瞬、身体を硬直させ、目を見開いたまま、しばらくは動けなかった。母親をきっと咎めると思っていたけれど、意外にもそうはせず、「それもこれもお母さんの勝手だけれど、私たちに累《るい》が及ぶようなことはないようにお願いするわ」と、冷静な調子でいってのけた。

考えてみれば、彼女らしい言動だった。自由に絵に描きたいという一途な思いから夫の元を去ったとき、家族というものを失った娘は、以来、自らの家族を守ることだけに心血を注いできた。母親の行動を身勝手と非難することはなかった代わりに、自分が選んだ道は自分で責任をとるようにと強く言い渡し、決して子供に迷惑をかけてほしくないといってきた。人に頼らない自立心だけは、あさ子にも十分に備わっていたから、それについては何の異論もなかった。「わかったわよ。お母さんは一から出直すから」と告げて、その話は終わりにしたのだった。

ただ、藤代は友恵にも、「うちの会社の上司が紅茶好きなもので、いくつか買ってきてほしい」といい、お金まで預けたという。買ってきたインド紅茶はどうすればいいのかというので、「私がもらっておくわ」と、あさ子は答えた。

「一体、どこまで偽装のための伏線を張りめぐらせば気が休まったのかしらね」

「哀れだね」

富岡がいう。「皮肉なことに、安住生命を騙《かた》ったやつには安らげる場所がなかった。刑務所がドン詰まりの終着駅だったわけだ」

「ドン詰まりね。ほんとにそう思う」

「それにしても、どうして安住生命だったのかね」

富岡に問われて、あさ子は記憶をたぐり寄せた。

「確か、伯父さんか誰かが、安住金属にいるとかって話だったけれど」

「ははぁん、そういうことか。それはたぶん本当なんだろう」

「と、思うわ」

「考えたもんだね。それほど突拍子でもないエリート・サラリーマンを名乗るとは、なかなか賢いよ、やつは。人はブランドに弱いっていうが、お前さんもそれに目を眩《くら》まされたんだねぇ」

「安住生命がブランドなの？」

「そりゃ、そうだろう。五十兆円産業なんだよ、保険業界は。その雄たる安住がブランドでなくて何なのかね」

「あら、そう」

「しかし、昔は、詐欺師といえば大学教授や大作家を名乗ったもんだよ。今日びの人間が小粒になった証拠だな。最近は、電話を使ってやるのが流行《はや》ってるそうだが、何ともはや卑怯というか卑劣というか、世も末だな。姑息にもほどがある！　まだ、藤代みたいなやつのほうがマシだよ。ちゃんと顔をみせているもんな、一応、人間様の顔をさ。その意味じゃ、正々堂々の詐欺師といえなくもない」

久しぶりに聞く富岡の独演に、場が和んだ。

「一ついえることは」

少し前に松坂と一緒にやって来ていた上田が、瓶ビールを手酌しながらいう。「彼はこの店の客を非常にうらやましがっていましたよ。どうしてそれほどまでと思っていたけれど、今はわかる気がします」

「ぼくにもいってましたね」

松坂がいう。「あの店はこのあたりじゃ別格で、客層がいいんだ、って。藤代さんだってその一人のはずなのに、どうしてそんなことをいうのかなって、思ったことがありましたよ」

「彼は今がいちばんホッとしているんじゃないのかな」

上田がいう。「気が休まる暇がなかった娑婆を逃れて、たぶん警察へ逃げこんだんでしょう。二人の女性から同時に返済を迫られて、偽りの姿に見切りをつけたというか……」

「それにしては、警察でも嘘ばっかりいってるわ」

あさ子は同情的な上田に言葉を返した。「裁判だっておざなりだったし、まだ本当のところは何もわかっていないのよ」

和解話が頓挫したあと、民事のほうも時間がかかっていた。一カ月後の九月一日に二回目の法廷があり、判決はその後ということになる。真紀に対する不信も解決していない。一段落するどころか、まだまだこれからなのだと、あさ子は自らに言い聞かせた。

十六

控訴期限の八月十三日が迫っても、藤代の側には何の動きもなかった。

期限まであと数日となった時点で、野上弁護士は「控訴の意志なし」と判断したが、果たしてその通りだった。

それをもって、刑事裁判は「懲役四年」が「確定」した。控訴して、その判決を待つ間に和解の話を復活させる可能性もあるとみていた野上だったが、「仕方がないですね」と、電話口でいった。和解金の三十パーセントを成功報酬額と決めていたのだが、それが叶わなかったのだ。

店の準備中にかかってきた電話で、あさ子は、

「何のお礼も差し上げられなくなって申し訳ありません」

と、気の毒な気持ちを伝えた。

――いや、それは気になさらないでください。最初からの約束ですから。

これからは、いつでもお店へ来てもらい、酒肴《しゅこう》をふるまうことで埋め合わせるほかはない。そんな意味のことをあさ子は口にしたあとで、今後の民事裁判について尋ねた。

――まったく問題ないでしょう。請求額はそのまま認められるはずです。

「裁判所へは出向いたほうがいいですか」

――その必要はありません。あとは手続き上のことだけですから。

佐伯にも誘われているので、近々に店へ伺うつもりだと、弁護士はいった。

謝意を告げて電話を切ると、あさ子は壁のカレンダーを睨んだ。八月十四日、土曜日。藤代はこれで刑務所へ行く……。四年の刑期は長いと感じた。刑は軽いと思うが、時間だけは長いと、矛盾した思いがある。それが阿曽の望んだ厳罰といえるのかどうか。あさ子には何ともいえない。判決の結果を知らせた電話で、阿曽自身もそれが重いのかどうか、わからないという口ぶりだった。日本の法律に照らして、そうなったのだ。それに文句をいったところではじまらない、空しい遠吠えであることが今はわかっていた。

その数日後、検察庁から二通の書類が届いた。刑が確定した旨の「通知書」と「受刑者釈放通知希望申出書」である。

後者は、藤代が刑期を終える時期を知らせてほしい場合に提出するもので、むろんあさ子はそれを望んだ。但し書きに、「受刑者の更生を防げるおそれがあるなど通知することが相当でないときは通知を行わないことがあります」とある。また、「検察官が相当と認めるときは、受刑者の釈放直前における釈放予定、釈放時期及び帰住予定地等について通知を受けることができる場合がありますので、通知を希望するときは、別途、検察官に申し出てください」とあるが、どうにでもとれる文面だ。「受刑者の更生を妨げるおそれ」というが、一体何を基準に判断されるのか。「通知を受けることができる場合がある」というのも、いかにも消極的である。これでは、被害者の権利が守られているとはとても思えない。入獄と再犯をくり返す者が多数いることからして、当局が出所者の動向を把握することはしていない。それをする法がないことは、曖昧な但し書きが示していた。

それからまた、はやばやと二週間が経った。

八月下旬の土曜日、あさ子はその日、朝から茨城の取手まで出かけていった。第四土曜日は店が休みで、久しぶりに自分の時間がもてたのだった。

絵の大家である大橋《おおはし》五郎《ごろう》がそこに住んでおり、月に二度ばかり、店が休みの日にアトリエの一角を借りて描くのが習慣になっている。十月のグループ展覧会までに、百号の油絵を仕上げねばならなかった。たそがれの街を背景に楽器を奏する若者たちの姿を描くつもりだが、まだ取りかかったばかりで、展覧会に間に合うかどうか、危ういところだ。その日は五時間余り絵筆をとり、そのあとはまた電車に乗って戻ってきた。

店が休みの日でも、やることはいくらでもある。前の日は週末の多忙な一日であったから、まず洗い物の残りをすませた。掃除も徹底しなければならない。夏の間はとくに、少し油断をするとゴキブリが出て、食べ物に入り込んだりするので要注意だ。

とうに日が暮れていた。ようやく、やるべきことをすませて一息ついたあさ子は、不意に店の戸が開いたので肝を冷やした。

見馴れない女の顔がのぞいて、ごめんください、という。

「ごめんなさい。今日はお休みなんですよ」

追い返そうとしたが、若い女は無視して入ってきた。顔つきにどこか切羽詰まったものを感じて、あさ子はいささか気圧《けお》された。

「どうなさったんですか」

問うと、カウンターの上に小ぶりのハンドバッグを投げ出して、

「ああ、開いててよかった。ママさんですよね」

息を弾ませていう。金色に染めた背中まである髪と、長い睫をつけた厚化粧は水商売の女のも

のだ。目のきつい小造りの丸顔、タンクトップの紐がずり落ちそうな撫肩をもつ小柄な女で、歳は二十代の半ばか。

うなずいたあさ子へ、

「藤代のことで話があって来たんです」

と、声高にいった。「ママさんが騙されてたって、本当ですか」

用件を知って、あさ子は相手を腰かけさせた。

「私、それ聞いて、驚いてしまって」

女が口早につづける。「それで私の二百万円もやられたことに気づいたんです」

「あなたもだった?」

「あの食わせ者、殺してやるぅ!」

女はいきなり声を震わせ、拳でカウンターを打ちすえた。

「落ちついて、ゆっくり話を聞かせてちょうだい」

あさ子は冷蔵庫から取り出したウーロン茶を女に差し出すと、L字のカウンターの角に腰かけた。

やはり水商売で、真紀と同じ店に勤めたことがあるという。大塚にあるクラブで、三年ほど前から藤代が来るようになり、何度目かでうまい利殖話をもちかけたという。

「真紀も食わせ者だった。いい話だから乗るようにといったのは彼女なんだから」

「それは本当なの?」

驚いたあさ子に、女は大きくうなずいた。藤代は真紀の客を装って、店へ女の子たちを騙しに来たにすぎないという。一時間のセットでさっさと切り上げるケチな飲み方だったと、あさ子にもよく理解できる話をした。

「それから、真紀がまた姿をくらました」

と、女はウーロン茶を飲み干していう。

「浅草にいるんじゃなかったの」

「そこまでは私も聞いてた。今回の話を知って慌てて今戸のマンションを訪ねていったら、もぬけの殻」

あさ子は混乱した。予想できたことであっても、驚きは大きい。

「すると、真紀ちゃんは藤代さんがそうやってお金を騙し取っていることを知っていたっていうの?」

「もちろんです。私だけじゃない。私が知ってるだけでも三人いるわ。みんな真紀の紹介で、安住生命の社員だし、間違いないからって勧められて」

あさ子は深く息をついた。二人はやはり共犯だった……。

「真紀に子供がいること、ママさん、知ってます?」

「いいえ」

「バツイチで、女の子が一人いて、元の旦那のところへ置いてきてるんです」

「知らなかったわ」

そんなことはおくびにも出さなかった。にわかに胃が痛くなってくる。

「茨城の男と結婚して、その田舎に住んでいたんだけれど、うまくいかなくなって離婚するとき、子供は渡せないといわれて、しかたなく置いて上京したとか。はじめのころは、そんな話もして親しくしていたんですけど」

「あなたが来るのが遅すぎたわ」

なぜと問う女へ、あさ子は事情を話した。

もっと早く捜査の段階で現れていれば、警察も動いたかもしれない。刑事裁判も終わり、刑が確定した今では、もう遅い。改めて刑事告訴したところで、藤代の処罰に大差はない。お金が返ってくるわけでなし、無駄な時間ばかりとられて、まるで割に合わないことになる。それは自分が体験ずみだと、あさ子はいった。

「お酒、飲んでいいですか」

その日は女も勤め先のお店が休みだという。「ちゃんとお金を払いますから」

「一杯だけなら、ご馳走するわ」

たくさん飲んでクダでも巻かれると困る。が、もっと話を聞くには間をもたせねばならない。

あさ子は女の求める生ビールを注いだ。

「真紀ちゃんの行方を知る方法はないの？」

問うと、女が一つ頭を振った。

「たぶん、タイへ行ったんだと思います」

「タイへ……」

「そう。プーケット島に好きなビーチボーイがいて、入れ込んでるって噂だったから」

「サムイ島じゃなかったの？」

「プーケットですよ。サムイにも行っていたかもしれないけど」

「で、そこのビーチボーイに？」

「どうしようもない女です。日本の男と詐欺をはたらいて、その金をタイの男にばらまいていたんだから」

憎々しげに言い放ち、ジョッキの生ビールを一気に半分ほど空けて息をついた。どうにか気持ちが落ちついてきたようだ。

「真紀ちゃんがよくタイへ行っていた話は、ここでも話題になったことがあるけれど」

ウーロン茶で喉を潤してから、あさ子はつづけた。「騙し取ったお金をタイへ運んで、現地の銀行に預金しているんじゃないかっていう人もいたのよ」

「預金してるかどうかはわからないけど、男に使ってたことは確か」

「タイ行きは、自分へのご褒美だっていってたけど」

「とんでもないです。詐欺に協力した報酬をもらって出かけていたんですよ」

あさ子は思い出す。かつて、バックパックの安旅行だと真紀がいったことについて、それはない、と言い切ったのは佐伯だった。日本女性の中には、プーケット島でビーチボーイを我がものにして遊びほうけるのが実際にいるという。真紀もそういう女性の一人だったとすれば、お金が消えていった先の一つがみえた気がした。悪銭はどうせ、そういうロクでもないことに費やされたのだろう。

「真紀ちゃんは、新しく借りた部屋で藤代を待つといっていたのよ」

いまは〝藤代〟と、あさ子は呼び捨てにした。「裁判でも証人に立って、出所後はちゃんと監督して更生させるといったんだから」

「まさか」

女がせせら笑う。「真紀と藤代はただの同居人ですよ。恋人でも夫婦でもない、昔はそうだったかもしれないけど、互いに協力して詐欺をはたらく仲間だったんだから」

「でなきゃ、真紀ちゃんが一人でタイへ出かけるわけないわね」

「そうですよ。二人はそれぞれ勝手にやってました。藤代にもほかに女がいたんだから」

女がジョッキを空けた。顔色は少しも変わらない。

「ほかの女、って?」

「別の店で働いてた、私も知ってる子です。そういえば、彼女からもいくらか引き出してるはずだけど」

「もう手当たり次第って感じね」

あさ子は呆れた。藤代がはじめて店に来たとき、その自己紹介の瞬間から、いずれ詐欺をはたらくつもりで身分を詐称したことも、いまこそ確かになった。裁判での証言はいちいち嘘であったことが明かされていく。

女が空のジョッキを振るので、あさ子は、もう一杯だけ、と断ってお替わりを注ぐ。ついでに、乾き物を出した。

「私が悔しいのは」

と、女が声を張り上げた。「信用してた真紀に裏切られたことなんです。あんな女に騙された自分が許せないんです！」

「私もそういうことを聞くと、やっぱりショックだわね。しっかりと藤代の援護射撃をしていたなんて」

「真紀こそクセ者なんです。藤代は警察に自首したのに、真紀は知らん顔して罪を免れたんだから」

「そして、逃げたのね」

「いまごろ、騙し取ったお金でビーチボーイと遊びほうけているなんて、想像するだけでゾッとするわ」

今にも唾を吐きそうな口ぶりだ。

問題は、なぜ逃げたのか、逃げる必要があったのかだ。以前よりいいマンションへ引っ越したときは、そこで藤代を待つといい、二人の写真まで飾っているという話だった。それもただのポーズだったのか。また引っ越したとすれば、ごく最近、刑事裁判が終わるのを待ってからにちがいない。それも控訴はしないと決めて、刑が確定することになってからだろう。

「あの二人には、何かがあったのよ」

あさ子はいった。「藤代が自首したのを知ったのは当日の朝だって、真紀ちゃんはいってたけど、それは違うと思っていたわ」

「私もそう思います。コンビを組んで詐欺をはたらいていたんだから、一方が警察へ行くというのを知らないわけがないんです」

「何かを企んでいたにちがいないわね」

その中身が何なのか。相変わらず、それが問題だ。

「警察って、逃げ込めるところですよね」

ふと思いついたように、女がいう。

「考えようによってはそうね」

「藤代がヤクザ屋さんに監禁されたことがあるの、知ってます?」

「それは初耳だわ」

あさ子はなぜかドキリとした。

「藤代のお母さんが稲山会の会長の娘だって、言いふらしていたことは?」

「それは知ってるわ」

「半年ほど前」

女はゆっくりと記憶を辿った。「私の店に、たまたま稲山会の幹部の彼女が働いてまして、そのことを話したらしいんです。それで調べられて、嘘がバレたんですけど、あるとき、鉢合わせして、捕まって、外へ出ろということになって、その日は戻ってこなかった。あとで聞くと、部屋に閉じ込められてボコボコにされたそうですよ」

「そういうことがあったの……」

「それから、藤代は店に来なくなったんです。その女の子からも預かったお金があって、利息だけ真紀を通じて払ってました。月に一万とか、そんなもんでしたけど」

「今回のことがわかれば、藤代は追われるわね」

「もう追われてますよ。藤代は警察へ逃げ込むしかなかったんです。稲山会の幹部が知ったら、今度こそタダではすまされませんからね」

それはうなずける。母親が会長の娘だと言いふらしていた男が幹部の彼女だった女の子から金を騙し取って逃げたとなると、組織的に行方を追う可能性すらあるだろう。自首した理由の一つに、逃げてもいずれホームレスになって野たれ死ぬだけだ、というのがあった。野たれ死ぬのではなく、ヤクザに追われて捕まれば命すら保証されない、という意味だったか。

「でも、自首したのはそれだけが理由ではなかったと思うわよ」

あさ子はいった。「それだけではまだ足りない。理由の一つだったかもしれないけれど、もっと別の何かを真紀ちゃんと二人して企んでいたと思うの」

「その、真紀ちゃんというの、やめてもらえませんか。真紀でいいですよ」

「わかったわ」

あさ子は苦笑した。共犯だったとわかった今は確かに……。

「真紀が婆婆に残ったことが問題ですね」

「そう。配偶者じゃないから、知らなかったで通せばいい。お金も真紀の口座に移しておけばいい。何かと都合がよかったことは確かね」

これまでの経緯を、あさ子は話した。二人の女性から騙し取った数千万のお金がどこに消えたのか、それが捜査の段階から問題になったこと、どうみても全部を使い切ったとは思えず、きっとどこかにまだお金があることは間違いないこと、そして、それを真紀が管理しているのではないかと予想できること。しかし、和解がうまくいかず、刑が確定してしまった経緯、等々。

「ママさんの予想は、ほとんど正しいですね」

女がしきりにうなずいた。「婆婆に残った真紀が臭いんですよ。何かを工作しようとしていたんでしょう。和解もその一つだった。それがうまくいかなかったのは何か計算違いのことが起こって、藤代は刑務所行きになってしまった」

「でも、真紀ちゃん、じゃなかった、真紀は逃げたんでしょう。移って間もないマンションなのに、そんなに早く出ていった理由は何？」

「共犯だったことに気づいた子たちがいるんです、私を含めて。彼女たちが許さない」

「なるほど」

「それこそ今度は真紀が追われるんです。だから、逃げた。海外へ。男のところへ」

そこに落ちついた。一応、辻褄が合っている……。

あさ子は思う。かくなる上は、藤代の母親しか、当たってみるべきところはない。真紀の消息を知っているかどうかはわからないが、また、知っていても教えるかどうかはわからないが、訪ねてみる必要はある。民事の判決が出れば、それを知らせがてら、T市へ出向いてみよう。

真紀の行方を調べてみる、と女はいった。場合によっては、プーケット島まで行ってみる、とまでいう。絶対に許さない、捕まえて稲山会に渡す、と強い口調で言い切った。

辞す前になって、長沢千歳《ながさわちとせ》と名乗り、板橋区の住所と携帯の電話番号を書きつけた。何か新しい情報が入れば知らせるといい、あさ子が支払いを拒むのも聞かずに千円札を置いていった。

十七

あさ子はその日を失念していた。忙しい日がつづいていたこともあるが、もう自分の出番はない状況のなかで、一件を放置してきたせいだ。

野上弁護士からの電話で気がついた。本日、民事の判決が出たので判決書を持参したいという野上に、よろしくお願いします、と返した。午後、デパートで仕入れ中のことで、携帯電話へかかってきた。

――自分は出向かなかったんですが、佐伯さんが傍聴したそうです。

〈いちりん〉へは、七時ごろ、その佐伯と出向くという。九月八日、水曜日。店はさほど忙しくないはずだ。座敷の一画を空けておくとあさ子はいい、刺身のいいのを一品、仕入れに加えた。

なおも真夏日がつづいていた。九月に入ったというのに、日中の温度はその日も三十度を超えて、一体地球はどうなっているのかと思わせる。もう六十日以上になる、記録的な連続真夏日。気候だけではなく、人の頭もどうにかなっているのかもしれない。

昨今、変な事件が頻発するのをみていると、まさにその感がある。先日もお客の一人が、命を奪われたわけではないのだからと、慰めの一言を口にしたものだが、実際、取り返しのつかない被害を被った人たちの哀しみはいかばかりか。こんな詐欺被害ですら、ずいぶんな心労を強いられてきたのだから、とあさ子は思う。

六時ちょうどに暖簾をかけた。

その五分後に、最初の客、金村がやって来た。八月いっぱいで乳製品の製造会社を定年退社して、いわゆる老後がはじまっている。未だ独身で、生涯独り身を貫くつもりだというから、それなりに悠々自適、週末の競馬が何よりも楽しみな人だが、このところ毎日のように早い時間からやって来る。

藤代のことは、出所すれば腎臓の一つを売ってもらうと、許せない気持ちを表してきた。コツコツと汗水たらして働いてきた者にとって、詐欺というのは人間としていちばん重い罪だというのだった。

「刑務所では、殺人よりも軽蔑されるのが詐欺をやった連中だってさ」

いつもの瓶ビールを傾けながら、金村はいう。知り合いに何度か入獄したことのあるヤクザ関係者がいて、その人の話らしい。「殺人というのは、それ相当に理由があってやむなくという場合もあるけど、詐欺は同情の余地がないっていうんだね。人間のクズ以外の何ものでもない。おつとめ中のヤクザの間ですら軽蔑されるんだから、なかなかおもしろいね」

「わかる気がするわ」

あさ子が答えた瞬間、金村がグラスの底でカウンターを叩いて、

「このゴキブリみたいなもんだな」

ナプキンで小さな死骸をふき取りながらいう。「いちばん嫌われているとも知らず、この世にはびこってゾロゾロ出てくる。こうやって叩きつぶせりゃいいんだが、生き延びて、四年経ったらまた出てきやがる」

「いい譬《たと》えだわね」

「真紀が逃げた先はまだわからない？」

問われて、あさ子は首を振った。先月、ひとりの女が店へ飛び込んできて、真紀が共犯だったことなどを告げていった話は、主な客たちにはすでにしてある。が、真紀の行方については、かつて引っ越しを手伝った電気屋の桧木ですら知らなかった。

「忽然と消えたわね。やっぱりタイへ行ったのかしら」

「違うね。いちばん身を隠しやすいところにいるよ」

「どこよ」

「東京に決まってるだろう。プーケットのような田舎にいるはずがないよ」

それはいえているかもしれない、とあさ子は思う。

一週間ほど前、長沢千歳から電話があって、同じく騙された子といっしょにタイへ出かけ、目的の島へ行ってきたと告げた。が、真紀の消息は知れず、ただ、真紀が入れ込んでいたビーチボーイだけは探し当てたという。「来る予定もない」と男はいったそうだが、「信用できない、嘘をついているのかもしれない」などと、まだ諦め切れないようすで、実際、これからも追跡をやめないと言い切った。

野上弁護士が佐伯と連れ立ってやって来たのは、予定より一時間遅れの八時過ぎだった。座敷のテーブル席は確保してあったが、カウンターにしようという佐伯に野上も同意した。金村に加えて、その日は早いお出ましの武藤や、このところコマーシャルの仕事がうまくいっている千野が来ていたが、もとより隠しだてする必要はない。

武藤がいつもより早く来たのは、おもしろいビデオがみつかったからで、それを皆にみせたいというのだった。二年前の十二月半ば、忘年会の記録で、そこに藤代と真紀が映っているという。もう少し経って面々が揃ってからにしようとあさ子はいい、野上と佐伯を待っていたのだった。

まずは、野上が民事判決の報告をする。全面勝訴が確実だったので、裁判所へは判決書を受け取りに事務員だけをやったという。出向いた佐伯は、裁判官以外は誰もいない法廷で、判決の主文だけが読み上げられるのを傍聴席から聞いた。相手方の石川弁護士も姿をみせず、一分足らずであっけなく終わったらしい。

請求の趣旨は、(1)被告は、原告に対し、金一千万円及びこれに対する本訴状送達日の翌日から年五分の割合による遅延損害金を支払え。(2)訴訟費用は被告の負担とする。との裁判並びに第一項について仮執行宣言を求める。

この請求がそのまま「主文」で認められて、理由は刑事裁判における公訴事実とほぼ同じであった。

「ちょっと注釈しますと」

野上弁護士がいった。「執行文というのは、向こう十年間有効です。これから十年は、相手に財産があればの話ですが、強制的に差し押さえることもできるというものです」

債権者（原告）、松原あさ子、債務者（被告）、藤代芳明、とある一枚の執行文。そこには、〝債権者は債務者に対し、この債務名義により強制執行をすることができる。〟とあって、裁判所書記官の記名と捺印がなされている。

「十年間というと、藤代が刑務所に入っている四年を含めてですか」

鮪の刺身を差し出しながら、あさ子は聞いた。

「そうです」

「すると、四年後に出てきたときから六年間が問題なんですね」

「ええ。ちゃんと会社に就職すれば、給料の一部を差し押さえることもできます」

「それは期待できませんね」

「おそらく。本人によほどの反省と謝罪の気持ちがないかぎり、出所後の居所について知らせてくることもないでしょうからね」

「給料の一部というと、どのくらいなんですか」

佐伯が尋ねる。「期待できなくても一応……」

「現行の民事執行法では、収入の二十五パーセント程度ではなかったでしょうか。四分の三は、本人の生活があるために差し押さえられないといった規定ですね」

「すると、十万円なら二万五千円は差し押さえられると?」

「はい。一万円でも二千五百円は権利があるし、確か四十四万円以上の月収だと、そこから三十三万円を差し引いた部分はぜんぶ押さえられます」

「すると、月収が多ければ多いほど、差し押さえる側としてはいいわけですね」

「もちろん。ただ、問題はやはり出所後の本人にその気があるかどうか……」

まったくだと、あさ子は思った。たとえ、その気があっても、現実的にはむずかしいのではないか。出所後の藤代がまともな仕事につけるとは思えないし、何らかの職についたとしても、その職場と収入を把握して差し押さえの手続きをとることはほとんど不可能だろう。

またしても胃が痛みだした。騙し得、騙され損の関係は、いまやいっそう明らかになった。腹を立てれば立てるほど、身体を壊してさらに損をする。

先日、検察庁から、出所に関する情報の要望に対する回答が文書であって、そこには、〝被告人の出所予定は平成二十年七月の予定です〟とのみあり、〝但し、これより出所が早まる場合があります〟と、つけ加えられていたにすぎない。どこの刑務所かはおろか、正確な出所の日時、そして帰住先などは望んでもまったく期待できないことは、そっけない文面が物語っていた。

野上弁護士もそれを認めて、

「だから、この民事判決も絵に描いた餅のようなところがあるんですね。刑事事件と違って、逃げた相手を追いかけることもできませんから」

司法の限界ともいえる。例えば、性犯罪者の出所など、被害者にとって最も情報が必要な事案ですら、これまでは提供されなかった。昨今、再犯のケースが深刻化して、早晩、防止策が議論されるだろうというが、詐欺被害者などはまず度外視される。まったく何のための裁判だったのか、あさ子は救いがたい空しさをおぼえたが、野上に面と向かってはいえなかった。

真紀が共犯だったという話も弁護士に伝えてあった。が、時すでに遅く、打つ手はないという。ただ、個人的に真紀の行方を追い、捕まえて直談判に及ぶほうがまだしも望みを託せる。実際、長沢千歳らはそれを試みているのだが、あさ子にはもはやその可能性に期待するつもりもなかった。

それよりも、民事判決が出た今、藤代の母親を訪ねてみることのほうが大事だった。そうすることはしかし、誰にもいわないでおこうと思う。話せば、一緒に行こうといってくれる者がいるだろうけれど、これはやはり自分だけの問題だという気がした。

やがて、しばらくぶりに松野が、つづいて松坂と上田がやって来て、カウンターはほぼ満席になっていた。

「そろそろ、ビデオをみよう」

と、千野がいう。

武藤がテレビに内蔵されたデッキへ、持参したビデオを差し入れた。背後の壁ぎわに置かれたテレビは、特別なとき以外、点けることがない。

いきなり賑やかな宴が映し出された。少し画面がぶれるが、すぐに記憶がよみがえった。二十名近い顔ぶれのほとんどは今も馴染みだが、中にはもう来なくなった人もいて、二年の歳月を感じさせる。

面々の顔色と様子から、かなり酔いが回ってからのものとわかる。ほとんどが座敷のテーブル席を囲んでいるが、次に画面はカウンター席の向こう端にいる藤代をとらえた。ひとり群れから外れて、宴たけなわの座敷を尻目に酒を飲んでいるのだ。小型コンロに置かれた鍋は、藤代のためにある。ほら、真紀がいるよ、と武藤が指さした。藤代と逆の、宴に近いほうのカウンターに腰かけ、背後を振り返ったり、腰を浮かしたり、落ちつきのない様子である。こちらも群れを外れているが、藤代ほどではない。「それでは一人ずつ、自己紹介と近況などを喋ってもらいます」と誰かの声。マイクが座敷の奥へ通されて、喋りがはじまった。

何人目かで、マイクが真紀に渡った。「えーと、皆さま、明けましておめでとうございます、あれ、ちょっと早かったかな。わたくし、藤代の妻の真紀でございます。私のような者まで、このような会にお招きいただいて、藤代ともども大変嬉しく思っております。〈いちりん〉ではいつもすばらしい仲間に囲まれて、楽しい時間を過ごさせていただいて、ママさんはじめ皆さまに感謝しております。今宵、私は酔っ払うかもしれませんが、ハメを外さないようにと藤代からもいわれておりますので、何とか最後まで持ちこたえたいと思います。今年のことは今日をもってお忘れしますが、来年はいい年になりそうなので、藤代ともどもまたよろしくお願い致します。はい、藤代真紀でした。どうもぉー」

ややたらずの物言い。大きく胸の開いた派手な装い。どうみても、ふつうの勤め人の格好ではない。のべつまくなしに煙草を吸う。銜《くわ》え煙草で自転車に乗っているのをみたこともある。安住生命の社員の妻としては問題があると、藤代に教育の必要を説いたのが今では何とも愚かしい。

「やっぱり、いいコンビだよ」

松野がいった。「仲間に入ってこれない藤代のサポート役だね」

「つかず離れずで、お互いに補い合っている感じでしょう」

武藤がいい、佐伯が同意する。

「真紀の挨拶を聞くと、共犯だったことがよくわかるね」

「ほら、藤代の番だよ」

武藤が画面を指して、皆が注視する。

マイクを渡された藤代が立って、宴の輪に近づいていく。と、「ぼくはもう喋りましたよ」といい、用意した紙片を皆に配りはじめる。「ひと足早い年賀状です。ママへの一言をお願いします」そういって配り終えると、また席へ戻っていく。

平然と嘘をつき、妙な行動をとる藤代がそこにいた。が、当時はそれも寛容にみられていた。宴のなかへ溶け込めず、皆の前でまともに喋ることができなくても大した問題ではなかった。その正体を見抜いていたのは、安住生命に親友の専務がいる富岡保一だけだった。皆に囲まれ、酔いしれて楽しげに振る舞う富岡の姿が映る。藤代が宴の輪に近づけなかった最大の理由が、富岡の存在にあったことは間違いない。

もっと以前の藤代は、まだ輪の中にいて、何かと宴会を仕切りたがった。誰にも素性を悟られていないのをいいことに、我がもの顔に振る舞って、皆から宴会費をピンハネしたり、よその店へ連れ出して法外な飲み代を払わせたりしていたのだ。

「二年前のこの頃から、隅っこに追いやられていたのね」

あさ子はいった。「ちょうど富岡さんに正体を見破られた時期に当たっているわ」

「これをみると、それなりの負い目があったみたいですね」

野上弁護士がいう。

「そう。すでに犯罪者の顔つきになってるね」

佐伯がつけ足した。

息子、武博の顔が映った。マイクを手に、皆の衆へお店のご愛顧を感謝する言葉を口にして、「これからも勝手気ままな母親ですが、よろしくお願いします」と、頭を下げる。学生時代は俳優になれという人もいたほどに男前だったが、損保の仕事が大変なのか、すでに三十歳を過ぎた一児の父はいささか疲れぎみである。

新手の詐欺が流行《はや》っているので気をつけるようにと、先日の電話で知らせたのは、母親の身を案じている証拠か。酒場で、客の背広から財布を抜きとり、店を出ると間もなく、犯人を捕まえた云々と警察官を騙って電話をかける。その際、キャッシュカードが抜かれているので緊急に手配しなければならないといい、暗証番号を聞き出す。うっかり教えたが最後、犯人はまんまと金を引き降ろす、といった手口らしい。警察の担当は知能犯係というが、あの手この手で新しい手口を考え出す詐欺師の知恵はまったく驚くばかりだ。世が詐欺の時代に入ったことは、人心の荒れようがいかほどかを物語る。これはもう社会の異常事態というほかはない。

そんなことを話題にするうち、席を立って真紀のそばに来た藤代が画面に映った。いきなり真紀の腕をとり、立たせようとしている。画面はすぐに別の場面へと移ったが、そのとき、武藤が、と、叫ぶようにいった。「このあと、藤代は真紀を連れて帰ったんだよ。お前はもう酔っ払ったから帰ろう、って」

「思い出した」

「そうだったの」

あさ子には記憶がない。

「まだ飲み足りない真紀を無理やり引っ張ってさ。酔っ払ってハメを外すと危ないと思ったんだろうね」

「いずれにしても、このビデオで二人が共犯だったことを確信したわ」

ダメ押しだというあさ子の感想に、皆が同意した。正式な夫婦を装い、場に溶け込めない藤代をサポートしていた真紀こそ、したたか者だという意見も一致した。

詐欺師と、その女房役……。だが、いまは塀の内と外に分かれた。そうなる過程で、一体何があったのか。

最後にそれを知りたいと、あさ子は思った。

十八

西武新宿線T駅の南口に出て、あさ子は立ちつくした。

にわかに、ためらいが生じたためだ。たとえ在宅であっても、門前払いを食うだけのような気がした。

あの子はもう独り立ちした大人ですから、私とは関係ありません。

かつて、電話口で冷たく突き放された記憶がよみがえる。子供がいくつになっても親は親だという、あさ子自身の思いに照らせば、何とも乱暴な台詞に思えたものだ。とてもふつうの親の言葉ではない。息子が犯罪をおかすといった特殊な場合は、親の責任というのはやはり問われる、というより放ってはおけないはずなのだが……。

ひどい親なら、それを確かめるだけでもいい。

あさ子は考えなおした。追い返されたなら、そのときは潔く引き揚げよう。

タクシー乗り場へ歩きだした。午後三時の日差しは、ようやく秋らしくすがすがしい。猛暑の夏が九月半ば過ぎにようやく終わり、暦は十月に入っていた。最初の日曜日を選んだのは、そのほうが在宅の可能性が高いとみたからにほかならない。

十分余り走り、あらかじめ地図で確かめてあった住所の近くで降りると、電信柱の表示をみながら歩いた。N町七丁目界隈。道の両脇に平均的な人家の並ぶ物静かな界隈である。それが空き地で途切れると、前方に、ひときわ大きな建物がみえてくる。目指す市営住宅にちがいなかった。かなり旧い建築で、エレベーターのない四階建てだ。汚れた石の階段を上っていく。塗装の剥げた壁からも、住人の暮らし向きが感じとれる。

四〇三号室のドアの前で何度か息をつき、意を決してチャイムを押した。

どなたかと問う声に、重い響きがある。あさ子は自らを名乗った。

数瞬の間があって、

——そういう方は存じ上げませんが……。

抑揚のない応えが返ってきた。案の定の応対に、あさ子は開き直った。

「そんなふうにお応えになることはわかっていました。息子さんとのことを改めて説明する必要がありますか」

「………」

ながい沈黙があった。こちらからは何もいうまい、と決めた。このままドアが開かないなら引き返すまでのことだ。

不意にドアが開いた。頬の窪んだ陰険そうな細面がのぞいて、あさ子はたじろいだ。

「私に何のご用でしょう」

眼鏡の奥の眼と声音がいかにも不機嫌そうだ。

「息子さんと関係がないと仰しゃるお気持ちはわからないわけではありませんが、同じ子をもつ親として、少しお話ができないものかと、失礼を承知でお伺いしました」

「お帰りください」

突《つ》っ慳貪《けんどん》に返した。

「わかりました。そのようなお応えをはっきりと聞ければいいんです」

あさ子は冷静に言い置くと、一礼をして踵を返した。

階段を降りかけると同時に、ドアの閉まる音がした。

もと来た道を引き返す。タクシーは通りそうにない。駅への道を辿りながら、何も考えなかった。不愉快な思いばかりが浮き立って、ひどく歩調が鈍い。

大通りへ出ると、流しのタクシーが走っていた。あさ子は疲れをおぼえ、空車に向かって手をあげた。車が歩道へ寄せて停止する。開いたドアから乗り込もうとした、その瞬間だった。

「松原さん」

と、背後から声がかかった。

振り向くと、少し先に藤代克子の姿があった。

乗車を断った。近づいて、あさ子の前に立った克子は、小さく頭を下げると、

「間に合いましたね」

微苦笑を浮かべていう。

この先に喫茶店があるといい、ゆっくりと歩きだした。あさ子はなぜか胸がつまった。救われた思いが身内の不快を拭いとった。

街角のコーヒー専門店まで、ともに無言を通した。奥の禁煙席を選んで向かい合い、コーヒーの注文を告げる。それからまた沈黙がつづいた。相手の強気な姿勢は失せて、どこかおどおどして落ちつかない。意外と気が小さいのか、ワンピースの細い肩がすぼまってみえる。乱れぎみの短髪には白いものが混じり、顔色の悪さがそのまま心の様《さま》を表しているようだ。

やがて、伏せがちだった目線を上げて、

「裁判の結果は小笠原真紀から聞きました」

克子のほうから口火を切った。

「真紀ちゃんから?」

「はい。彼女にすべて一任していたものですから」

「……」

しょっぱなから、あさ子は疑問をおぼえた。

「お母さまは今度の一件には関係されていなかったんですか」

「はい。それについては失敗だったと思っています」

「失敗とは？」

問うと、克子の表情が曇った。一つ首を振り、溜息をこぼして、

「あの子、彼女に裏切られたそうなんです」

低声でいった。

「裏切られた……。真紀ちゃんにですか」

「はい」

克子がうなずいて、説明をはじめる。

はじめて面会に行ったのは、刑事裁判の判決が出た直後だったという。まだ東京拘置所にいるときで、刑務所へ行ってしまえば長く会えなくなると思い、気がすすまないながらも訪ねていった。そのとき、藤代が、真紀に対する怒りをぶちまけたというのだ。

「和解をしてくれといったのに、真紀がそれを蹴ったというんです。自分を刑務所へ送り込むために、勝手な行動をとったと……」

「でも、和解はしない、お金は出さないと決めたのはお母さまじゃなかったんですか」

「私が？」

「はい。藤代さんが保釈金を出してくれといったことに怒って、もうお金は一切出さない、刑務

所へ行って罪を償わせるほかはないと仰ったそうですけど」

「何のことでしょう」

と、克子は首をひねった。「私はそんなこと、知りませんよ」

あさ子は一撃を食らった気がした。コーヒーに口をつけ、気持ちを落ちつけてから、意外な思いを伝えた。

「はじめは百万円を出すといい、次に二百万円を出すと、お母さまが仰っているという話でしたけど」

「私はそんなことといいません」

「すると、お母さまは石川弁護士とも接触されたことがないんですか」

「会ったこともありません」

「すると、真紀ちゃんが勝手に……」

「私がそういっているという作り話をしたんでしょう。あの娘《こ》ならやりかねません」

克子が苦笑ぎみにつづける。「息子がいうには、自首することにしたのも、真紀があとをうまく取り計らうと約束したからであって、和解だけが望みだったというんです」

やっぱり、とあさ子は胸でつぶやく。自首する時点で、二人はそういう話し合いをしていた。

そして、弁護士を雇って計画通りにやっているそぶりをみせて、途中からコロリと方針を変えた。

そこに母親が介在しているようにみせかけて、その実、真紀ひとりの考えでもって事をすすめていたのだ。

「あとはうまく和解してくれと藤代さんがいったということは、真紀ちゃんがお金を管理していて、まだ十分な余力があったということですね」

「だと思います。何しろ、真紀という子はワケありで、別れた夫に対する慰謝料を払って、しかも子供の養育費も払っているそうですからね」

「慰謝料……」

「はい。別れる原因をつくったのは真紀のほうだそうです。男と浮気して逃げたそうで、その後、話し合いがあって、真紀が慰謝料と養育費を出すことになったんです。あの子がその肩代わりをすることになって、私からもお金をもっていきました」

「一緒に逃げた男じゃないのに、ですか」

「その男とは間もなく別れて、次に出会ったのが息子です」

沈黙があった。話がいつの間にか意外な方向へ走っていて、整理しなければ先へ進めない。

「その慰謝料というのは、支払いがすんでいるんですか」

「はい」

「養育費というのは？」

「それは毎月のことですから、いまも払っているはずですよ」

その額は知らない、と克子はいった。ただ、慰謝料は一千万円くらい。それを肩代わりするのに、藤代は母親からお金を引き出したという。事業の失敗でつくった借金の返済分を加えると、夫が遺してくれた三千万円ほどがいっぺんになくなったのだと、克子は嘆いた。

「それじゃ、お金がいくらあっても足りないですね」

あさ子は重い気分に陥った。

「だから、真紀はお金を出したくなかったんです。弁護士を雇って、後処理をやっているようなポーズを取りながら、残ったお金を独り占めしようとしたんでしょう」

「和解をだめにして、彼を刑務所へ送り込む……」

「息子に見切りをつけて別れるためにも、またとないチャンスだったんでしょうね」

あさ子はうなずく。真紀らしいやり方だ。きっと藤代に見切りをつけて、自首に同意し、あるいは勧め、自作自演で和解をつぶし、判決が出るまで見届けて、早晩、姿をくらますつもりだったのだ。

考えてみれば、阿曽艶子と和解できなくても、あさ子とだけでもやっておけば、少しは刑を軽くしてもらえたはずだ。ありもしない保釈要求と、それに対する母親の怒りを演出し、和解を蹴った真紀の魂胆は、藤代との別れと残ったお金の独り占めだった。すべての謎がそれで解ける……。

「あんな女と出会ったことがあの子の人生を狂わせてしまったんです」

克子の口調に憤りがこもる。「ギャンブルをおぼえたのも、嘘をついて人さまからお金をかすめとるようになったのも、真紀のような女と暮らしはじめたからなんです。あの子は見栄っぱりで、いろいろと嘘をついていましたが、それもあの女のために……」

不意に声をつまらせた。すべてを真紀のせいにしようとする克子に、あさ子はいささかうんざりだったが、真紀のほうが一枚も二枚も上手であったことは確かだろう。

「はじめから私は二人が共犯ではないかと疑っていました。それがその通りだったと知るのが遅すぎたようです」

「息子が裏切られたのは自業自得ですけれど、真紀が罪をのがれて逃げおおせるのは許せません。あの疫病神にも同じ罰を受けてもらいたいですよ」

「お母さまは、一件の主役は真紀だったとお考えですか」

「いいえ。二人でやったことですから、どっちが主役というのではありません。でも、真紀のやり方はどう考えても身勝手すぎます。そこまで悪知恵のはたらく子だとわかっていれば、私もすべてを一任しなかったでしょうに」

真紀は克子に対しても、最初は藤代の自首にびっくりして、どうしていいかわからないという芝居を打ったという。まさか二人の女性からお金を騙し取っていたとは知らなかったと、平然と口にした。しかも、互いに協力して騙した相手は他に何人もいるのだから、何をかいわんやだと、克子は憤った。

「真紀ちゃんは一体、どのくらい残していたんでしょう」

「サラ金からの借金をきれいにしても、一千万くらいはあるはずです」

「それは藤代さんがそのように？」

「いってました。だから、和解金を出してもよかったんです。五百万円くらい使ってやってくれるようにと、自首する前に話したそうで、当然、そうしてくれると息子は思っていたそうです」

やはり、お金は真紀のもとにあったのだ……。

やっとその点についての疑問が解けて、あさ子は篠山刑事とのやりとりを思い起こした。藤代の通帳はカラッポだったことから、警察は、騙し取った金の使途について、ギャンブルで擦ってしまったことにした。はじめの供述を後に作り替えてまで、辻褄を合わせるしかなかったのだ。お金はたとえ真紀の通帳に入っていたとしても、配偶者ではないうえに共犯とは断定できなかったために、追及のしようがなかったこともこれで明らかになった。別に海外へ持ち出す必要もなかったことになる。そして、刑事たちが、取れるか取れないかは弁護士の腕次第だといい、民事訴訟を起こすようにと勧めたのも、有利な和解ならしてもいいといったのも、いまはわかる。供述調書では、辻褄合わせのために、すべてギャンブルで擦ってしまったことにしたけれど、実はどこかにお金があることは刑事たちにもよくわかっていたのだろう。

「ちょうど私から騙し取った金額が真紀のもとにあるんですね」

腹立たしい思いで、あさ子はいった。「それだけあれば、阿曽さんとも和解はできたはずなのに」

いつか真紀を捕まえてとっちめたい、と克子はいって言葉をつづける。

「先日も、女が二人と男が一人、押しかけてきて、金返せですよ。私は関係がない、命でも何でも取っていきなさいっていって開き直りました。どこを探したって、お金など出てきません。いまは生活保護を受けて細々と暮らしているような状態ですから」

おそらく、長沢千歳らのグループが親から取り返そうとしたのだろう。類は親族にまで及んでいる。殺してやるぅ、と叫んだ女の恨みは相当に深いようだ。

厳しかった父親を早くに亡くしたのがよくなかったと、克子は話した。以来、母親だけの手で、甘やかして育てた。妹のほうはまともに育ったが、兄のほうは高校に入るころから悪い仲間に引き込まれ、二度まで学校を変わったが、長続きしなかった。それでも働く意欲だけはまだあって、高校中退後はどうにか自活し、また結婚もして、子供ができるころまではまっとうに暮らしていた。ところが、バブル期に一時羽振りがよくなったのがまたいけなかった。土地を転がし、楽をして大金をつかんだことで、やがて落ち目になったとき、まともな労働意欲をなくしてしまったのだという。倒産した会社の債務整理の都合もあって離婚し、二人の子供も向こうにとられ、そんな最悪の時期に出会ったのが小笠原真紀だった。

「あの子はだから、根っこからの悪《ワル》というわけじゃないんです」

克子が話しつづける。「どこかで人格が曲がってしまって、たまたま出会った悪い女と手を組んで、人さまに迷惑をかける子になってしまったんです。今回の刑務所行きは、よい懲罰になったと思います。人を裏切れば、結局は自分が裏切られる。そのことがよくわかったはずですから」

話が落ちつくところまで来たように思えた。生まれつきの詐欺師などいないことは確かだという気がする。藤代の場合、どちらかといえば不器用な詐欺師だったのではないか。身分や学歴の詐称にしても、何とか嘘が暴かれないように、あれこれと芝居をうち、必要以上の手当てにかまけていた。その意味では、ひどく小心者で、追いつめられると逃げることもできない臆病者だったのだ。最後は安全な警察へ逃げ込んで、ヤクザの追っ手からも逃れた。うまく和解できれば、執行猶予の判決だってもらえる。あらゆる面から考えて、その選択がいちばん賢いと判断したのだろう。

あさ子は民事裁判を話題にした。その判決は石川弁護士から克子へも知らされていて、内容も承知しているという。

「もし私にお金があれば、立て替えることもできるのですが」

うなだれたまま言葉をつづける。「あの子が出所すれば、何とかして、少しずつでもお返しするようにいいましょう。その努力もしないでまた悪事をはたらくようなら、私は親子の縁を切ってもいいとさえ思っているんです。父親が生きていれば、絶対に許さないでしょうし、あの子の人生もお終いでしょうから」

そこで絶句すると、克子は幾滴かの涙をこぼした。頬を伝うそれをおしぼりで拭い取り、せつなげな息をつく。

「今日は、お会いできてよかったです」

あさ子はいった。克子が小さく首を縦に振る。

「私も思いなおしてよかったと思います。この度は本当にご迷惑をおかけして、申し訳ありませんでした」

深々と頭を下げられて、あさ子はとまどった。

時刻は五時をとうに回っている。いつの間にか、店が混んできて、そろそろ潮どきだった。

先に立ち上がり、伝票を手にしたのは克子のほうだ。ここは私に、という相手にあさ子は逆らわなかった。

十九

大きな災害が押し寄せた年だった。

猛暑の間にも西日本には台風が連続して上陸し、各地に甚大な被害をもたらして、それが終わると、今度は大地震が新潟の中越地方を壊滅状態に陥れた。

阪神淡路大震災からやがて十年になろうとする年、忘れたころの災害は国内だけではなく、暮れにはスマトラ沖に起こった大地震の津波で、各国各地に二十万人以上という膨大な死者を出した。

まだ若い時代に台風による大災害を経験しているあさ子は、風水の恐ろしさが身にしみてわかっている。自然の驚異ほどに、人間のか弱さ、無力さを曝け出すものはない。被害をこうむった人々の痛手は長く尾をひいて、癒されるのは容易ではないが、加害者へ怒りをぶつけるわけにはいかないところにも、他にはない特徴があるように、あさ子は思った。そこには、不可抗力に対する諦めと、それゆえに確かな再出発の意志が芽生える。打ちひしがれたあとは、深い、復興への決意が示されるところに、一つの救いがある。それに比して、人が人に被害を受けた場合は、まったく別の状況が待ち受けているのをあさ子は実感していた。

藤代を許せない気持ち。真紀に対する憤り……。

それが月日を経るにつれて薄れてくれれば、どれほど心穏やかな暮らしが送れるだろうと、ときに訪れる哀しみのなかでつぶやく。心の持ちようが何よりもむずかしく、生きづらくしているのだ。

新しい年が明けてからも、健やかな心持ちとはほど遠い状態にあることに、あさ子は気づいていた。師走の忙しさもあって体調を崩し、一度は目眩がしてカウンターのなかで倒れ、お客に引き起こされたこともある。正月は田舎へ帰ったものの、せっかくの時間を寝込んで過ごした。

仕事始めのその日も、十二時を過ぎて身体の限界を感じていた。およそ遅くにやってくる武藤と、いつになく遅い時間にやって来た金村の二人が最後に残った客だった。

「そういえば、プーケット島」

武藤が唐突にいう。「この前の津波で大変なことになっているね」

「そうそう、真紀のやつはどうなったのかね」

金村が応える。「津波に呑み込まれたんじゃないだろうか」

「まさか」

あさ子は低く笑った。ニュースでその島の名を耳にしたときは、真紀のことと結びつかなかった。

「でも、あり得るよ。因果応報ということがあるからね」

武藤がいい、金村がうなずく。

「それより、ビーチボーイだよ。真紀が入れ込んでいたという……」

「私から騙し取ったお金で養っていた男ね」

また気持ちが苛立ってくる。

真紀の行方は依然として知れなかった。〈いちりん〉の客はむろん、阿曽艶子のグループの誰一人として、彼女の消息をつかんでいる者はいない。姿を消した理由が藤代を裏切り、余ったお金を独り占めするためであったことは、主な馴染み客にはあさ子から情報が伝わっている。被害をこうむった幾人か、長沢千歳らはその行方を追っているが、捕まえてとっちめたところで、簡単にお金が戻ってくるとは思えない。またゴタゴタの種を植えつけるだけだろう。争いごとはもうまっぴらであり、このまま時を経て、心の痛手が癒えるのを待つほかはない。いずれまた新しい何かが開けることもあるだろうし、日に日に一件が記憶から遠ざかることを願うしかなかった。

「人の幸不幸を比較するのはナンセンスだろうけど、自分の場合はまだしもだと思うことがあるよ」

金村がいう。「女房になってくれる女とは出会えなかった代わりに、それほど悪い女とも出会わなかった。それだけで、まずまずの人生だな」

「詐欺師に騙されなかっただけでも、まずまずの人生よ」

「俺を騙すのは大変だよ。人をみたら泥棒と思うんだから」

「私もこれからはそうするわ」

「そう。いい薬になったじゃないの」

「効きすぎて、薬疹《やくしん》が出てるけど」

あさ子は苦笑した。

ただ、よかったのは、疑問としていたことがほぼ解き明かされたことだった。

早期の釈放をもくろんで自首したはずの藤代は裏切られ、塀の向こうへ追いやられるという結末は、詐欺コンビだった男女に相応《ふさわ》しい。真紀が法廷で口にした、藤代を待って監督、更生させるという話もまた、嘘八百のたわごとだった。その化けの皮を剥がせたことが何よりの収穫といえたか。

「私はね」

あさ子はいった。「自分がなぜ騙されたのか、今はよくわかるの。そのことを納得するしか、立ち直るすべはないという気がするわ」

「聞こうじゃないの」

武藤がその先を促した。

「人はふつう、利殖話に乗ったことを自分にもあった欲のせいにするわ。だから、騙されるほうにも非があったという見方ね。でも、私の場合は、欲も少しはあったけれど、そのためだけじゃない」

あさ子はそういって、子供のころの出来事を話しはじめた。

確か、小学三年生のころ。母親に命じられて、近所の家へ、おはぎを届けにいったことがある。そのとき、その家の人から、いらないというのに小遣いを押しつけられて、しかたなく持ち帰った。それを知った父親は、まさに雷が落ちたような怒り方をした。こんなことで人さまからお金をもらうなど、とんでもない、一体お前は何という子供なんだと、いまにも蹴飛ばされそうな勢いで叱られたのだった。断ったのに聞いてもらえなかったという言い訳は通じなかった。ただ泣きながら謝るしかなかった子供の心に、以来、何が刻み込まれたのか。それは、あさ子自身がいちばんよくわかっていた。

「人からお金をもらうということ、人のお金を当てにすることだけは、してはいけないことなんだって、ある種のトラウマのようなものが私にはあるの。ずっとそういう覚悟で生きてきたし、お金に対する執着というのも、これっぽっちもなかった。だから、藤代のような人間がこの世にいるということさえ、まったく頭になかったのよ。これまで接してきた人たちに、そういう人がいればまた違ったのかもしれないけれど、私を騙したり裏切ったりする人はひとりとしていなかった。藤代にとって、これほど簡単に騙せる相手はいなかった、赤子の手をひねるようなものだった。……ということなの」

「それじゃ、騙した方が百パーセント悪いや」

金村がいった。

「許せん！」

武藤が叫ぶ。金村がカウンターを叩いていう。

「やっぱり、出てきたら腎臓の一つを売ってもらおう」

「そんな怖いこといわないの」

「そんなこといってるから舐められるんだよ」

「いいの、私は。このままの自分でいたいから」

口を突いて出た言葉に、あさ子は自らうなずいた。「人生の残り時間もあまりないことだし、今さら変わりようがないじゃない」

「まあ、それはそうだ」

「大丈夫、立ち直ってみせるから」

自分に言い聞かせるように、あさ子はいった。

新しい年も、一月が早々と過ぎた。

二月に入ると、その冬いちばんの寒気が訪れて、東京に雪が舞った。

例年はおおむね暇な日がつづくのだが、なぜか客足は暮れに劣らず順調だった。ひどい目に遭ったあさ子をもり立てようと、常連客がこれまで以上に繁く足を運び、また彼らが連れてくる人たちもそのまま新しい上客になった。

いいお客に恵まれていることの、それが何よりの証しだった。顧客の一人が昨年の暮れからホームページを立ち上げてくれたことも、今後、追い風になるかもしれない。いつまでも一件を引きずってはいられないと、あさ子が気持ちを切り替えられたのも、そうした客たちのおかげだった。

二月初旬のその日、忘れていた御札《おふだ》をもらいに隣町の神社へ出かけた。

その境内に、手相見が店を出していて、あさ子は半ば戯れにみてもらった。結果、これまでの十年は人生で最悪の時期に当たっており、まさに今年から男運、金運ともに向いてくる、というものだった。

男運はともかく、金運が向いてくるというのはうれしい話だと、その夜、お客を相手に喋っているときだった。佐伯がしばらくぶりにやって来て、カウンターにとまると、

「刑務所は、府中らしいですよ」

おしぼりを受け取って、そういった。野上弁護士が調べてくれたのだという。

「もっと遠くへ行ってくれたほうがよかったのに」

そんな言葉が自然に口を突いて出た。

藤代のいる刑務所を知ったところで、どうなるものでもない。いずれ出所して、社会に復帰するのだろうが、その先のことは、藤代自身にまかせるつもりだ。母親の克子がいったように、少しずつでも返してくれるなら、それはそれでいいし、そのまま姿を消してしまっても追いかけたりはしない。下手に関わればそれだけ心が病んで、どうにもならない袋小路へ追いつめられていく。そのことをいやというほど思い知ったあさ子は、振り返らずに前だけを向いて歩いていくつもりだった。藤代の姿が一日ごとに背後へ遠のいて、最近はやっと夢をみないで眠れるようにもなっている。

真紀のことも、いまはどうでもよかった。いくら大金をもって逃げても、追われる身は決して休まらないはずだ。そんな彼女が哀れにも思えてくる。もう二度と目の前に現れてほしくない。いつぞやは、長沢千歳が民事裁判の判決書を預けてくれないかといってきて、理由を聞けば、それをその筋の人に託して藤代や真紀の一族郎党から取り立ててもらうのだという。そういうことはしたくないと、きっぱりと断ったのだったが、彼女たちの恨みは根が深い。掴まれば、命すらないかもしれない。もっともっと遠くへ逃げなさいといいたくなるほどに、あさ子は小笠原真紀からも遠ざかっていた。

四月に入って、阿曽艶子の夫が急逝したというニュースが飛び込んできた。阿曽と親しかった白井と加瀬がもたらした情報で、借金取りに追いつめられたことが災いしたに違いない心筋梗塞だったという。老後の資金を失った上に、再婚したばかりの夫まで喪った阿曽の気持ちはいかばかりか。義妹の件が重なったとはいえ、そもそも詐欺にあったことが窮地の発端だったことは間違いない。とすれば、藤代は間接的に殺人の罪すら犯したことになるという白井たちの言葉は、その通りだろう。気の毒というには、あまりの成り行きであった。

だが、そういう訃報すらも、次の日には過去のこととして流していた。

テレビをつけると、しばしば安住生命のコマーシャルが流れる。幸せな家庭、親子をテーマにしたそれに、かつては心が揺れたけれど、いまは反応せず、何の思いも抱かなくなった。

ただ、あのお金さえあったら……、と折にふれて思うことはある。それも無意味なこととして、心の内の呟きをやめる日がいつか来る。そのときこそ、本当に立ち直ったことになるのだろう。

胃だけは、もう痛まない。

あとがき

私の作品には、実際の事件、出来事を題材にしたものがほとんどです。それぞれの材の扱い方、料理の仕方によって、ノベライズ（小説化）の度合いが異なります。肉料理に譬えれば、レアがノンフィクション、ウェルダンが小説、そして中間のミーディアムがノンフィクション・ノベル、ということになるでしょうか。

中間があるというのは、なかなか便利です。この作品は、なかでも限りなくレアに近いミーディアムといってよい。ために、問題となるのはプライバシーでした。それがあることもノベルの形をとる理由の一つで、実際の事件、舞台がどこであるかはわからないようにできています。唯一、大事なのはテーマであり、それさえ炙《あぶ》りだすことができれば、あとの要素はどうでもよいこと、といえます。ナマの一件に若干の味付けをすることで、テーマ性（詐欺の本質を描くということ）を浮き彫りにすることをめざしたのでした。

実のところ、この作品は今から十七年ほど前（二〇〇六年）、すでに仕上がっていました。ひとりの編集者（沖縄出身の熱血的な人）が、当時すでに斜陽で没落寸前であった私を励まして、やりましょう、と意気軒昂であったのですが、無情にも病魔がそのA氏を急死させてしまいます。思いもよらない事態に困惑した私は、以降どうにか気を取り直し、後を引き継いだ若い女性編集者を頼りに出版へと漕ぎつけることを望んでいました。ところが、その女性もゲラまで担当しながら、これも突如として他社へ、その原稿（最終校）を放り出して移籍してしまったのです。

途方に暮れた私へ、本が出るはずだった出版社から、担当する者がいなくなってしまったので、申し訳ないが出版は見送らせてほしい、との結論が下されます。中小の社員も少ない会社であり、やむを得ないと応じてあきらめた後は、疲労困憊した私自身がその稿を投げ出してしまったのです。

もとより、どこからも注文が来ない身であったその頃の私は、いよいよ追いつめられ、タイという国へ居を移すことにします。直木賞から十七年余の暮れ、土俵際からついに「落人《おちうど》」となって海を渡ったのでした。従って、この作品は以来、お蔵入りとなってしまいます。

その辺の公私ともの顚末は、『出家への道』（幻冬舎新書）及び近く出る予定の『ブッダの弟子のにっぽん漂流（仮題）』（佼成出版社）に詳しく述べているのでここでは控えますが、凝縮していえば――、要は時世の運不運、戦後環境も含めた私自身の生い立ち等、モノ書きとしての個人的かつ宿業的なものに起因する、人生の行きづまりであったのです。

そして、在タイ十年にしてさらなる転身を「出家」という形でなすことになります。以来、早々と七年の月日が流れ、ポツポツと再び作家としての仕事ができそうな気配となってきたことから、一時帰国した際、実家（兵庫県）の書斎にホコリをかぶって眠っていた本稿を引っぱり出して眺めてみれば、過去の出来事とはいえ、テーマは少しも古びていない、むしろ今こそ、日本の空をサギが飛び交う世にはふさわしい、という感想を抱きます。これを復活させたい、と……。

その後まもなく、今度は幸いにも旧知の出版社社長（かつて急逝したA氏を紹介してくれた人でもある）と会う機会があり、相談したところ、即刻やりましょう、という話になったのでした。

世は無常かつ無情であるが、救いもまたあることが歳月を経るにつれてわかってきます。有為転変の末にテーラワーダ（上座部）仏教の僧となった私にとって、本作品の命運にはとりわけ感慨が深いのも道理というものでしょう。しかも、A氏に続いて、モデルとなった女将《おかみ》さんも先年、亡くなったという報に接し、いっそう復活させるべき時を感じたのでした。

行きつけの酒場だった女将の為人《ひととなり》は、各界から面白い人が集まってきたのもうなずける、愛すべきひとでした。が、そこに一人、その人のよさにつけ込んでくる男がいたことに憤りをおぼえた私は、長いつき合いの弁護士に事情を話し、店での飲み代だけをロハにする約束でもって法廷に立っていただくことになります。申し訳ないですねぇ、何のお礼もできなくて、と女将は恐縮し、私を交えて飲んでいた日々がまるで昨日のことのようです。

人を騙して金品を奪う「嘘つき」行為は、仏教の在家へ向けた「五戒」における「殺し」や「盗み」とも肩を並べる悪業であり、タイでは日常的に（月に四度ある「仏日《ワンプラ》」の勤行で）説かれます。そうした教えの希薄化した戦後の日本社会は、異国から眺めていて、あるいは帰国してみると、何とも嘆かわしい状況に見舞われているといわざるを得ません。

また、人を信じる前に、まずは疑ってみるところから始めるのが諸外国の一般的な考え方であるが、それとはずいぶんと異なる日本人の意識の在りようを改めて考え直す必要があるという気がします。振り込め詐欺などはいまや国内のみならず、海を越えて世界へと拡散し、日本国そのものの品格を貶《おとし》めていることには、その仰天するほどの被害額とともに残念な気がしてなりません。被害者に老人が多いことからも、まったくもってブッダの教えに反する状況であるわけです。

大都会の巷で起こった事件もまた、その本質は同じです。昨今はますます悪知恵がエスカレートしているのをみると、この出来事はいわば詐欺の先駆け、原風景といえるものだと思います。それだけに、いろんな意味で警鐘を鳴らすものとなることを願うばかりです。

最後に、実際の事件では、無報酬といってよい仕事を引き受けてくださった旧知の野村吉太郎弁護士（赤坂野村法律事務所）や、こちらも長いつき合いである野本俊輔弁護士（野本吉葉法律事務所）から知識の提供などでお世話になったことに、心より御礼を申し上げます。また、これを世に出すことに意味をみて快く出版を引き受けていただいた論創社の森下紀夫氏に、そして細部にわたって編集の労をとっていただいた内田清子女史に深謝の意を表する次第です。

この作品を急逝したA氏と、今は亡き女将に捧げたいと思います。

二〇二三（仏暦二五六六）年　雨季　チェンマイにて

笹倉　明

（プラ・アキラ・アマロー）

◎論創ノベルスの刊行に際して

本シリーズは、弊社の創業五〇周年を記念して公募した「論創ミステリ大賞」を発火点として刊行を開始するものである。

公募したのは広義の長編ミステリであった。実際に応募して下さった数は私たち選考委員会の予想を超え、内容も広範なジャンルに及んだ。数多くの作品群に囲まれながら、力ある書き手はまだまだ多いと改めて実感した。

私たちは物語の力を信じる者である。物語こそ人間の苦悩と歓喜を描き出し、人間の再生を肯定する力があるのではないか。世界的なパンデミックや政情不安に覆われている時代だからこそ、物語を通して人間の尊厳に立ち返る必要があるのではないか。

「論創ノベルス」と命名したのは、狭義のミステリだけではなく、広義の小説世界を受け入れる私たちの覚悟である。人間の物語に耽溺する喜びを再確認し、次なるステージに立つ覚悟である。作品の刊行に際しては野心的であること、面白いこと、感動できることを虚心に追い求めたい。

読者諸兄には新しい時代の新しい才能を共有していただきたいと切望し、刊行の辞に代える次第である。

二〇二二年一一月

笹倉　明（ささくら・あきら）

作家・テーラワーダ僧

1948年、兵庫県生まれ。早稲田大学第一文学部文芸科卒。1980年、『海を越えた者たち』（第四回すばる文学賞入選）で作家活動へ。1988年、『漂流裁判』でサントリーミステリー大賞（第六回）、1989年、『遠い国からの殺人者』で直木賞（第101回）を受賞する。

主な作品に、『東京難民事件』、『海に帰ったボクサー―昭和のチャンプ たこ八郎物語』〈電子書籍〉、『にっぽん国恋愛事件』、『砂漠の岸に咲け』、『女たちの海峡』、『旅人岬』、『推定有罪』、『愛をゆく舟』、『雪の旅―映画「新・雪国」始末記』〈電子書籍〉、『復権―池永正明35年間の沈黙の真相』、『愛闇殺』、『彼に言えなかった哀しみ』等。近著に『出家への道―苦の果てに出逢ったタイ仏教』、『ブッダの教えが味方する歯の二大病を滅ぼす法』（共著）、『老僧が渡る知恵と悟りへの海』（Web〈つなごうネット〉連載）、『山下財宝が暴く大戦史 ―旧日本軍は最期に何をしたのか』（復刻版）、『ブッダの弟子のにっぽん漂流〈仮題〉』（近刊）がある。2016年、チェンマイの古寺にて出家し、現在に至る。

詐欺師の誤算　〔論創ノベルス005〕

2023年8月30日　初版第1刷発行

著者	笹倉明
発行者	森下紀夫
発行所	論創社 〒101-0051　東京都千代田区神田神保町2-23　北井ビル tel. 03（3264）5254　fax. 03（3264）5232　https://ronso.co.jp 振替口座　00160-1-155266
装釘	宗利淳一
組版	フレックスアート
印刷・製本	中央精版印刷

ISBN978-4-8460-2289-1